Prologue

LES ACCOMPLIS

DEFINITION/

– adj : se dit de ce qui est entièrement achevé. Fait sur lequel il n'y a pas à revenir.

Mouvement né des lumières de la Renaissance sous l'appellation « Cercle 22 », il s'est perpétué au fil des siècles, fuyant les persécutions des pouvoirs en place.

Pour eux la différence entre passé, présent et futur n'existe pas.

Ils vivent une synchronisation parfaite de leurs pensées, désirs, idées face aux événements à venir. Pourquoi ?

Parce que leur vie est consacrée aux « deux piliers de la sagesse ».

– Le Devenir : Ceindre lors du passage terrestre la « boucle de le destinée ».Celle des vingt-deux épreuves symbolisées par les arcanes majeures du tarot de voyance.

– La Mission : Répandre la lumière, la justice et croître.

On ne naît pas accompli mais on le devient !! Toutefois certaines facultés psychiques (magnétisme, médiumnité…) prédisposent à emprunter la voie sacrée. On les retrouve au sein de tous les courants religieux, rejetant les faux dogmes enseignés depuis des siècles. Ils représentent le socle immuable de la future doctrine prophétisée depuis la nuit des temps et qui remplacera les religions existantes. Elle mettra l'homme au centre de tout, en contact avec la divinité. Mais l'être humain peut-il de part sa nature « s'accomplir » ?

La réponse est oui.

Cet ouvrage révèle comment le destin de trois d'entre eux va croiser celui d'un sinistre prophète.

Vous allez participer à l'une des énigmes policières les plus difficiles que l'histoire n'ait jamais engendré ; mais surtout faire la connaissance du dernier « guide » ou « élu des accomplis » que l'on nommera bien plus tard « Noble Empereur ».Mais avant que la lumière ne transfigure l'humanité, les ténèbres doivent passer…

Chapitre 1

Bron, banlieue Est de Lyon, dimanche 1er mars 2005, 5 heures du matin.

Le brouillard avait envahi la ville, laissant peser une menace silencieuse sur l'ancienne capitale des Gaulles. Les lampadaires poussifs essayaient vainement de tendre leur tête pour éclairer les rues encore désertes.

Les lourdes portes en bois massif de l'hôpital psychiatrique s'entrouvrirent. Une silhouette se dessina dans la pénombre. Le dos voûté, la démarche mal assurée, elle s'engouffra dans la mélasse givrée. Baskets, pantalon de jogging, blouson de cuir recouvrant un sweet à large capuche qui masquait les traits de son visage.

Elle se rendit sous l'abri bus situé en face de l'établissement de santé. Quelques rares voitures défilèrent, emmenant leurs occupants à leurs activités dominicales.

Quarante-cinq minutes plus tard, le bruit d'un puissant moteur perça l'atmosphère ouateuse. Un autobus, sorti de nulle part, fit crisser ses freins devant l'arrêt. Les portes avant s'ouvrirent. L'ombre monta.

René Bonaventure détestait travailler le dimanche.

Il considérait cette servitude du service public comme incongrue. Chauffeur de bus de la ville de Lyon, titulaire de la tournée 39, Perrache – Bron-Parilly, il craignait certains secteurs « chauds » où les altercations et incidents en tous genres n'étaient pas rares. Mais plus que tout, il appréhendait l'arrêt n° 6 où déboulaient les malades en permission, de sortie de l'hôpital.

Justement, il approchait lentement du point névralgique qu'il redoutait tant. Son cœur se mit à battre plus rapidement ; ses mains moites cramponnèrent nerveusement l'immense volant, les veines de son cou se gonflèrent.

Il stoppa devant l'arrêt. Une silhouette monta, la tête recouverte d'une immense capuche.

– Une place.

René détacha un ticket, le tendit au client et prit la monnaie. Il regarda machinalement le visage de son interlocuteur resté dans l'ombre. Il perçut juste son regard.

Cette vision, il ne l'oubliera jamais plus. C'était la perception de la confusion, de l'hallucination, de l'hébétude.

Ici, le papillon de nuit s'était brûlé les ailles en s'approchant trop près de la lumière. Mais déjà, l'étrange passager tournait les talons et, s'adressant aux rares clients, médusés, leur lança :

– Le sextile de Pluton a commencé. Le Purificateur frappera !!! Purifiez-vous ! N'ayez pas peur de la mort ! Elle seule peut vous sauver des trois maléfices ! L'axe se désaxe !

L'ombre prophétique arpenta l'allée centrale du bus et alla se placer tout au fond du véhicule.

René scruta son rétroviseur intérieur afin d'observer le

comportement de son drôle de passager. Mais, apaisé par la délivrance de son sermon, il semblait ne plus s'intéresser qu'au trajet.

– Encore un dingue, soupira-t-il…

Il ne comprenait pas pourquoi on laissait sortir des personnes visiblement loin de la guérison… Ce devait être ces nouvelles méthodes thérapeutiques dont le journal télévisé se faisait l'écho, mais dont le bon sens lui échappait.

Enfin, dans cinq ans, il serait en retraite ! Il choisirait alors, avec sa famille, de retourner en Guadeloupe. Une petite maison l'attendait là-bas, sous le soleil des tropiques. Il pourrait passer des journées entières à se reposer, jouer aux cartes avec ses amis et surtout pêcher. Le soir, il mangerait du poisson grillé arrosé d'un petit rhum…

Il visualisait très bien tout cela. Cela lui permettait d'oublier le froid et le brouillard de Lyon.

Premier arrondissement, 17 mars 2005, 19 heures 50.

Eric Gold, homme de trente-cinq ans, taille moyenne, belle allure, cheveux blonds, yeux bleu, costume de grand prix, attaché caisse, quitta son immeuble du quai de La Pêcherie, et prit la direction de la place des Terreaux.

Sportif, Eric considéra qu'une marche, par ce temps serein, lui ferait le plus grand bien. Il longea la rue, s'arrêta devant la façade peinte d'un immeuble et admira l'œuvre de l'artiste.

Au hasard de la ville, de nombreux murs décorés reconstituaient de faux frontons de résidences ; avec ses habitants aux fenêtres, ses pots de fleurs, ses publicités, ses animaux familiers. Ici, le leurre représentait une fausse bibliothèque. Eric, ancien boursicoteur était aussi un fervent admirateur d'art.

Il resta en contemplation devant l'œuvre, impressionné par le souci du détail de l'artiste. On pouvait presque y lire le titre des livres. Des lunettes étaient posées à côté. Plus haut, une tête d'oiseau émergeait au beau milieu des ouvrages.

Il reprit sa marche. Il était en avance.

Il se serait bien rendu au Palais St Pierre, mais à cette heure-ci, il devait être fermé. En été, il y profitait de l'ombrage du parc. Le reste de l'année, il aimait y admirer ses statues de bronze. Sa préférée était indéniablement « l'Age d'Airain », de Rodin.

Mais ce soir, il avait été dans l'obligation d'annuler une soirée à l'opéra pour siéger au Conseil Municipal de la ville, et cela le contrariait. Il allait d'ailleurs annoncer à l'assemblée que ce serait sa dernière réunion.

Il arriva place des Terreaux, passa près de la fontaine, puis, plus loin, longea les petits jets d'eaux alignés qui jaillissaient du sol. Il arriva devant la majestueuse façade de l'Hôtel de Ville, contourna le bâtiment et stoppa devant une petite porte grillagée. Il montra son badge tricolore au gardien en faction et entra. Il prit une entrée à droite, grimpa au pas de course les larges escaliers. Au premier étage, il ouvrit la première porte à droite.

A l'intérieur d'une immense pièce aux lustres de cristal, aux lambris dorés et aux peintures du dix-septième siècle, régnait un brouhaha général. La réunion n'avait pas encore commencé.

22 heures 40

Eric sortit de la mairie. L'annonce de sa démission

n'avait pas été une surprise pour les collègues de son groupe. Cette mauvaise affaire lui collait trop à la peau. Heureusement, il avait pris soin d'escamoter toutes preuves compromettantes. « Ils verraient bien, ces banquiers de la B.L.L. qui se permettent de m'attaquer », se disait-il en grommelant, alors qu'il abordait la place.

Il arriva en vue de la fontaine. Bizarrement, il sentit comme une présence derrière lui. Ses narines humèrent un parfum délicatement enivrant.

Il ressentit un souffle dans son cou.

Il n'eut pas le temps de se poser plus de questions. Deux douleurs aiguës traversèrent son dos. Son corps s'affaissa. Il bascula sur le parapet de la fontaine et tomba dans l'eau glacée.

Le Char de la Liberté de Bartholdi qui surplombait le bassin de la fontaine ne semblait pas gêné par ce corps sanglant qui barrait sa route. Les deux angelots continuaient à verser l'eau de leur jarre. La jeune femme, poitrine nue, tournait la tête, laissant son attelage de chevaux mugissant piétiner l'obstacle.

Le bassin était devenu rouge écarlate.

Un périmètre de sécurité barrait l'accès à la fontaine. Des policiers contenaient la foule de curieux.

Le commissaire Richard, la main couverte d'un gant, extirpa l'arme du dos de la victime. En trente ans de carrière, il n'avait jamais eu l'occasion d'examiner de cas similaire. C'était une boule de laiton, chapeautée par une barre transversale d'où démarraient deux fins stylets en V.

Il demanda à l'inspecteur Fulbert de récolter les premiers témoignages. Il sut rapidement que les rares personnes présentes à cette heure de la nuit avaient aperçu la victime s'effondrer pendant qu'un individu en imperméable et chapeau s'enfuyait dans les rues adjacentes.

En ayant pris connaissance de l'identité de la victime, le commissaire grimaça. Il avait à faire à un notable. Et cela, ce n'était jamais très bon pour une carrière d'enquêteur…

15 avril 2005, 8 heures du matin. Lyon, deuxième arrondissement, 2 rue Mercière.

Maurice Cossart, quarante-six ans, cent dix kilos, chauve, lunettes de vue aux verres épais, sortait de son immeuble pour se rendre à ses bureaux en plein cœur de la ville. Responsable d'une chaîne de Grills, ses activités étaient prospères.

Il plaça les deux poteaux qui lui servaient de jambes pour avancer sans trop s'essouffler. Il dépassa, le long de cette rue piétonne pavée à l'ancienne, les bouchons lyonnais, les bistrots, les échoppes artisanales.

Il arriva au 22 rue de la République en sueur et à bout de souffle. C'est sûr : la semaine prochaine, il reprendrait le vélo d'appartement !

Il rejoignit les locaux de sa société et se mit au travail.

Quand sa montre indiqua douze heures, Maurice se leva pour se rendre à son rendez-vous.

Après une marche d'un quart d'heure, il arriva en vue de la Bourse de Lyon. Le buste sculpté de l'ancien ministre du commerce Isaac Auguste le scruta, alors qu'il montait les marches du palais.

Il entra dans le hall. L'horloge Charvet de 1852 sonna douze heures vingt. La vitrine transparente laissait apparaître le mécanisme de la pendule. En bas, les rouages crénelés s'enclenchaient, rythmant les secondes. Les poids en laiton s'activaient en suivant la rythmique. Au centre, un énorme battant imprimait le temps qui s'enfuyait. Plus haut, Arlequin et Sganarelle tiraient sur des chaînes reliées à des cloches pendant qu'en bas Guignol et Gnafron, armés de maillets en bois, frappaient un énorme bourdon avec conviction.

Maurice aperçut son ami Didier qui lui faisait signe.

Ils se dirigèrent vers le restaurant le plus proche pour déjeuner.

16 heures 30.

Maurice avait promis à Lilian qu'exceptionnellement, il irait le chercher à la sortie de l'école. Il savait que c'était important pour lui, et il était satisfait de n'avoir pas oublié son rendez-vous.

Il quitta les locaux de sa société, laissa la rue de la République pour se rendre place des Jacobins. La cloche de l'école retendit ; une nuée d'enfants sortit bruyamment et s'éparpilla de toutes parts, comme un vol d'hirondelles.

Lilian sauta dans les bras de son père, fou de joie ! Ils se dirigèrent place de la Comédie ; au centre de la place, trônait un manège de chevaux de bois, un vieux manège datant de 1888.

Maurice installa son fils sur la licorne. C'était son animal préféré. La farandole démarra. Les cochons, biches, chevaux et carrosses en bois laqué entamèrent leur danse magique. La foule se fit plus compacte.

Maurice avait horreur de la promiscuité. Mais pour une fois, il humait un parfum délicieusement délicat ; une satisfaction olfactive…

Il s'apprêtait à se retourner pour mettre un visage sur cette fragrance, quand il ressentit une vive douleur sur le côté gauche. Il vit les bâtiments de la ville tournoyer. Ses jambes l'abandonnèrent.

Il s'effondra.

Un hurlement d'épouvante retentit au sein des spectateurs. Une ombre se détacha et s'évanouit dans les rues de traverses. Son couvre chef tomba à terre. C'était une casquette en cuir.

Maurice Cossart gisait sur le côté, une boule de laiton plantée dans les côtes.

Chapitre 2

La jeune femme en sari, accompagnée de sa petite fille, courait dans les dédales du palais. Les joues veloutées de la gamine étaient parcourues par des gouttelettes d'argent.

Elle pleurait.

Elles débouchèrent sur le patio central, fleuri avec magnificence. La fontaine déversait une eau cristalline dans un clapotis enchanteur. Mais elles n'avaient que faire de ce ravissement. Elles se dirigèrent délibérément vers l'imposante porte du palais. Les gardes ouvrirent les lourds battants de bois massif.

Dehors une cavalerie indienne composées de chevaux, d'éléphants, précédés d'un bataillon d'artillerie Anglaise s'apprêtait à partir.

La jeune femme et son enfant se dirigèrent vers la tête du cortège.

Un éléphant blanc, somptueusement harnaché, monté d'un palanquin, transportait le maharadja. La troupe, sur le pied de guerre, se mobilisait pour un conflit qui devait durer de nombreuses années.

Le dignitaire ne daigna pas accueillir les deux nouvelles arrivantes. Il scruta l'horizon. Il vit les butins de guerre qu'il amasserait, la gloire, et les jeunes filles à l'indolence lascive, prêtes à s'ouvrir à l'amour de leur nouveau maître.

Il donna l'ordre de départ au cortège qui s'ébranla.

Raphaël Gébo ouvrit brusquement les yeux. Mal à l'aise, il se leva et chaussa ses mules. Il prit un peignoir sur le rebord d'une chaise et l'enfila.

– Encore ce rêve bizarre !!! maugréa-t-il en descendant les escaliers de sa maison.

Il déboucha sur le salon. Il faisait encore frais, par cette journée du 19 avril 2005. Il prit quelques brindilles et du papier journal dans un panier d'osier, et plaça le tout dans sa cheminée. Il fit craquer une allumette, qu'il jeta sous le journal.

Une belle flamme apparut et le crépitement des ramilles démarra. Il prit une bûche de petite taille, dans la niche placée sous la cheminée, et la plaça dans l'âtre. Les flammes léchèrent le bois en sculptant de cruelles empreintes.

Une chaleur amicale enveloppa Raphaël.

Il essaya d'analyser son dernier rêve. Mais en était-ce vraiment un ? Il savait pertinemment que non. Cette scène, il l'avait véritablement vécue lors d'une régression dans ses vies antérieures qu'il avait effectuée, surveillé par son amie voyante, Morgane Féhu.

Le maharadja, c'était lui. Il avait abandonné sa femme et sa fille pour la gloire éphémère des champs de bataille. Il payait aujourd'hui le prix de cette conduite. Sa vie n'avait été qu'une succession d'aventures féminines jusqu'à ce qu'il rencontre Nathalie.

Alors qu'il avait trouvé un certain équilibre, celle-ci était morte, lâchement assassinée en 1999.

Il allait avoir trente-neuf ans et vivait toujours seul. Heureusement qu'il avait de très bons amis et que son activité de détective privé spécialisé en symbolismes religieux lui laissait peu de temps pour broyer du noir. Mais il savait qu'un jour, il devrait partir rechercher les traces de celles qu'il avait abandonnées.

Tel était sa quête.

Raphaël plaça deux gros rondins dans la cheminée pour que le feu perdure. A cet instant précis, la sonnerie de la porte d'entrée retentit.

Le détective scruta l'écran de son visiophone. Un homme en imperméable se tenait en station devant son portail. Il brandissait un parapluie ce qui masquait les traits de son visage à la caméra.

– Oui ?

– Commissaire Richard. Pouvez-vous m'ouvrir ?

Il regarda sa montre puis appuya sur l'enclenchement de l'ouverture.

Que pouvait bien lui vouloir la police un dimanche à dix heures du matin ? se demanda l'enquêteur. En tout cas, cela devait être diablement important, pour qu'un commissaire se déplace en personne, à son domicile, dans la banlieue de Charbonnières les Bains.

René Richard était un homme maigre, d'une cinquantaine d'années, au regard pénétrant, aux cheveux gris laissant apparaître un début de tonsure et à la fine moustache poivre et sel.

Bien calé dans le fauteuil de cuir, il déplia ses deux jambes filiformes et demanda :

– Puis-je fumer ?

Le propriétaire des lieux alla chercher un dessous de tasse pour faire office de cendrier. Le commissaire alluma une cigarette blonde. Des volutes bleues s'échappèrent de sa bouche. Il demanda abruptement :

– Etes-vous libre en ce moment ?

– J'ai deux affaires en cours… A vrai dire, elles ne me passionnent pas beaucoup, et elles pourraient être rapidement conclues. Mais de quoi s'agit-il exactement ?

– Vous avez sans doute entendu parler de l'assassinat du conseiller municipal Eric Gold ?

– Oui, j'ai lu cela récemment dans le journal.

– Pour tout vous dire, les circonstances de sa mort sont bien étranges, tout comme celles d'un patron d'une chaîne de grill, plus récemment.

– Se sont des métiers où l'on ne se fait pas que des amis. Avez-vous cherché dans l'entourage professionnel et familial ?

– Ce sont les premières pistes que j'ai creusées, et, croyez-moi, ce n'était pas des saints !! Leurs proches avaient de sérieux mobiles pour les occire. Mais mon intime conviction m'incite à penser que ce n'est pas là qu'il faut chercher. D'autre part, la majorité des personnes éventuellement suspectes ont des alibis inattaquables.

Raphaël pris place en face du commissaire. Il s'assit confortablement, les yeux rivés dans ceux de son hôte, montrant une curiosité polie.

Richard tira une bouffée de sa cigarette, puis laissa passer un temps.

– Pour vous résumer la situation : le premier cas, Eric Gold, trente-cinq ans, vivant en concubinage, ancien courtier en bourse pour deux grosses banques, avait mis son business en sommeil pour entamer une carrière politique.

« Il était entré, voici quelques années, au Conseil Municipal de Lyon. Il se disait même qu'il avait toutes ses chances pour remplacer le maire actuel au prochain mandat. Seulement, depuis six mois, une sale affaire de magouilles boursières le poursuivait.

« Il venait d'annoncer sa démission du conseil municipal quand il a été assassiné.

« Quant à Maurice Cossard : marié, père d'un enfant, responsable d'une grosse production alimentaire de viande bovine, il avait racheté dernièrement les grills « Mirlitons » pour une bouchée de pain. Mais le journal satyrique « l'Oie Déchaînée » avait tout récemment révélé, preuves à l'appui, qu'il aurait écoulé en douce des stocks de viandes contaminées lors de la crise de la « vache folle ».

« Sa femme, avait, elle aussi, toutes les raisons de lui en vouloir, car en à peine vingt ans de mariage, il avait dilapidé son héritage familial personnel, et entretenait depuis longtemps une maîtresse.

« … Mais Madame Cossard était à Paris quand l'événement est arrivé.

– Pourquoi associez-vous ces deux meurtres ? demanda Raphaël.

– Parce qu'ils ont été commis par le même type d'arme et certainement par la même personne. D'ailleurs je vous ai emmené une photo de l'objet. En trente ans de carrière, je n'ai jamais assisté à pareil phénomène. Quand je vous parlais de circonstances étranges !

Il tendit le cliché au détective, qui l'examina.

– Curieux, en effet !

– Oui. D'après nos experts, cet ustensile a été fabriqué spécialement par l'assassin, qui possède des connaissances dans les alliages de métaux et détient certainement le matériel pour la fonte.

« Et ce n'est pas tout : d'après eux, le maniement de l'objet demande une force peu commune et une grande dextérité.

– Il s'agirait d'un homme, alors ?

– Pas forcément. Une femme très sportive en serait capable.

– … Des témoins ?

– Dans le premier cas, étant donné l'heure tardive de l'agression, il y avait peu de monde place des Terreaux. Pour le deuxième meurtre, malgré la foule, personne n'a remarqué quoi que ce soit. Notre seul témoignage : la personne aurait les cheveux blonds et courts. Avec cela, on va loin !!!

– Des indices matériels ?

– Très peu, juste une casquette de cuir tombée à terre. Mais de ce côté-là, pas grand-chose à espérer ; c'est un modèle très courant.

– Une dernière question : pourquoi faire appel à un détective spécialisé en ésotérisme ?

– A cause de la nature de l'arme d'abord, mais surtout à cause de cela !

Le commissaire sortit de la poche de sa veste une lettre pliée en quatre.

– Nous l'avons reçue par la poste il y a deux jours.

La missive était écrite de façon grossière et malhabile :

Eric Gold et Maurice Cossard sont morts, étouffés par leurs turpitudes.

Les trois maléfices : la violence, l'argent, la luxure les rongeaient.

Je les ai purifiés pour qu'ils retrouvent l'innocence de l'enfance.

Gold adorait le veau d'or. Cossard promenait sa grosse bedaine dans les clubs échangistes après avoir empoisonné des milliers d'innocents.

Cela ne fait que commencer, vous n'arrêterez pas ma course.

P

Raphaël relut la lettre une deuxième fois, puis la montra au commissaire :

– Pouvez-vous vous en séparer momentanément, le temps que j'en effectue une analyse graphologique ? Je voudrais aussi la photographier pour un examen plus approfondi…

– Bien sûr. Alors, vous acceptez l'affaire ?

– Oui. A deux conditions : premièrement, j'ai carte blanche pour former mon équipe ; deuxièmement, mes honoraires d'expert ne sont pas négociables.

Le commissaire sourit. Il connaissait parfaitement ces conditions. Il était rare que ses services fassent appel à des agents extérieurs, mais son administration savait reconnaître éventuellement ses besoins d'enquêteurs spécialisés. Et puis surtout, ses supérieurs avaient su lui faire comprendre qu'il était urgent d'obtenir des résultats, quels que soient les moyens !

– Voilà qui a le mérite d'être clair. Il s'agit d'une négociation rondement menée, comme j'aime, dit-il en se levant de son fauteuil.

Il se dirigea vers le couloir, récupéra sa veste et son

parapluie.

Au moment de franchir la porte d'entrée, il se retourna et tendit sa carte professionnelle à Raphaël :

– Inutile de vous dire que je vous recommande la plus grande discrétion.

– Très bien, je commence dès demain.

Chapitre 3

« Curieuse histoire », se dit Raphaël en suivant du regard le policier qui s'éloignait dans l'immense parc jouxtant la maison.

Il s'examina dans le miroir du couloir. Malgré son âge, sa stature d'un mètre quatre-vingt-deux, ses abdominaux, ses pectoraux musclés, ses cheveux châtains frisés et ses yeux verts ne laissaient pas la gent féminine indifférente. Seules quelques rides d'expression commençaient à se dessiner… Voilà qui le rassura.

Il prit le cliché et la lettre et se rendit dans la pièce qui lui servait de bureau. Il commença l'étude graphologique. Il essaya en premier lieu de définir le type psychologique de l'auteur.

II aborda la classification d'Hippocrate. Après une rapide analyse, il classa le criminel comme : « nerveux, réceptif, vif, instable, primaire ».

Puis, selon la typologie de René Le Senne, tout indiquait que l'on avait à faire à un : « émotif, actif secondaire, nommé "Passionné" : personne opiniâtre dans les buts qu'elle se fixe, elle a le sens de l'idéal social, politique ou religieux dépassant souvent ses propres intérêts ».

Vu sous l'aspect de Yung, l'auteur de la lettre était : « intuitif, intolérant, dogmatique. Buté contre toute conception opposé à la sienne ».

Apres ce portrait succinct, Raphaël entra dans le détail de l'analyse graphologique.

La zone médiane, par ses guirlandes étirées, indiquait une mauvaise adaptation d'origine affective, un relâchement du comportement, une autorité couplée à une grande agitation.

Les hampes et jambages qui s'élançaient et s'éloignaient de la zone médiane révélaient un comportement chimérique, inadapté, source de déséquilibre.

Le détective s'attacha ensuite à analyser le g du mot « argent », puis le z de « n'arrêterez », ces deux lettres étant les révélateurs de l'affectif et de la sexualité.

Le g en hélice surélevée dévoilait une maturité psychique inachevée.

Le z au jambage écourté, bâtonné, simplifié, témoignait de l'absence probable de relations sexuelles.

Il y avait contrôle d'une sexualité inhibée pour s'orienter vers la sublimation d'autres valeurs. Mais ce qui intriguait le plus Raphaël, c'était ce P en guise de signature… Le jambage en forme de lame était barré par un trait transversal. Que pouvait signifier cette lettre ? La symbolique lui semblait familière, tout comme la forme de l'objet utilisé comme arme.

Il prit le cliché et consulta un ouvrage où plus de deux mille symboles étaient référencés. Il feuilleta les pages concernant les runes, les symboles chrétiens ou païens, les représentations magiques mais rien ne ressemblait à sa quête.

Ce qui l'intriguait plus que tout, enfin, c'était l'utilisation du mot « course ». Ce terme lui semblait inapproprié, mais sa tournure l'interpellait.

La personne pratiquait-elle la course à pied ? Possible ! Il prit les deux documents, les glissa dans son fax, composa un numéro. Les symboles s'envolèrent avec les vents du printemps pour une destination inconnue.

Lyon, troisième arrondissement, le 27 avril 2005, centre commercial de la Part-Dieu, 18 heures.

La musique guimauve se distillait, seulement entrecoupée par les annonces publicitaires des commerçants et les messages des hôtesses à la recherche de parents ayant « perdu » leur enfant.

Sous l'immense coupole de verre, la foule compacte se pressait pour effectuer ses derniers achats avant la fermeture des magasins.

Au centre du rez-de-chaussée, elle se faisait plus pressante, essayant de capter des brides du spectacle d'animation. On avait dressé une scène de théâtre. D'immenses affiches annonçaient une représentation de « Catch Improvisation ».

Ce genre de spectacle faisait fureur ces dernières années. La technique consistait à faire choisir des thèmes de la vie courante au public. Ceux-ci étaient gribouillés sur des petits papiers, rassemblés dans un chapeau, et tirés au sort.

Les acteurs improvisaient, surveillés par le « coach », rôle tenu par le metteur en scène.

Fabienne Besse, petite brune pétillante de vingt-neuf ans, patientait en coulisses. Vêtue de noir comme tous ses collègues, elle attendait son tour. Comme à chaque fois, son cœur battait la chamade. Elle avait du mal à avaler sa salive.

Elle perçut le signal attendu ; elle entra. Les projecteurs l'éblouirent, la chaleur l'écrasa. Le thème : « la souris pris au piège ». Deux minutes.

Déjà son collègue s'allongeait pour faire le rongeur, un deuxième fit le fromage, Fabienne se coucha sur eux pour faire le piège…

La fin de la soirée s'annonçait et le public applaudissait à tout rompre. Debout, il ovationnait les acteurs, demandant leur retour pour un ultime salut.

19 heures 30.

Fabienne pressait le pas pour sortir du centre commercial. La jeune femme, très croyante, ne comprenait pas que l'on ait associé le nom de Dieu au temple du mercantile…

Elle sortit.

La tour de miroir reflétait le « Crayon », immense phare de Babel moderne, qui perçait les nuages, comme une insulte à la divinité.

Les hommes d'affaires stressés, arqués sur un système économique en perdition, pressaient le pas pour embarquer dans le TGV qui les ramènerait dans la capitale. Ils s'accrochaient à leur attaché caisse comme des naufragés après une bouée. La jeune femme entra dans la gare.

Les commerces commençaient à tirer leur rideau de fer.

Elle accéléra, jugeant l'endroit mal fréquenté à cette heure-ci. Elle traversa le parc de la rue Maurice Flandin.

Elle était un peu en retard. La nourrice allait encore le lui faire remarquer. Peut-être même menacerait-elle de rompre son contrat de travail… Cela ne ferait que la troisième fois !

Marion serait certainement grognon. Une belle soirée en perspective !

Enfin… Côté professionnel, cela s'arrangeait. Elle avait été repérée pour deux petits rôles sur Paris. La roue tournait enfin après plusieurs années de galères. Elle serait obligée de laisser sa fille en garde à Guy deux week-ends, mais il avait l'habitude de s'en occuper.

Evidemment, sa fille se ferait tirer l'oreille pour rester seule avec lui, mais pas question d'accéder à tous ses caprices ! Cette gamine la rendait folle ! Des fois, elle se demandait ce qu'elle avait dans la tête. Son imagination était sans limite. En plus, ce n'était qu'une sale petite menteuse…

Elle cherchait absolument à éloigner son concubin ! Elle qui avait eu tant de mal à reformer un couple après sa naissance ! Cette grossesse n'avait pas été une bénédiction ; elle avait hésité longtemps avant de garder l'enfant. Malheureusement, quand elle avait décidé de se faire avorter, il était trop tard.

Le père, un marginal, les avait abandonnées très vite à leur destin. Sans argent, elle avait été menacée d'expulsion de son logement. Après la naissance, les contrats ont repris peu à peu. Elle avait dû faire quelques photos que l'on qualifie de « charme » dans le milieu ; puis quelques films X, jusqu'à qu'elle puisse revenir à des rôles plus traditionnels. Il fallait bien qu'elle vive !

Plus tard, elle rencontra Guy, intermittent du spectacle, qui touchait certes un revenu faible et aléatoire, mais qui, au moins, ne s'installait pas dans le chômage. C'était déjà cela !

En tout cas, il faudrait qu'elle dresse cette petite peste de Marion !

Pour une fois qu'elle avait un mec qui tenait à peu près la route ! Une correction à coup de ceinturon lui fera du bien. Il faut espérer que cette petite morveuse tiendra sa langue à l'école. Elle y veillerait !

Elle se remémora, Dieu sait pourquoi, cette voyante qu'elle avait consultée il y a bien des années et qui lui avait prédit un avenir de rêve !

Quelle foutaise !!

Elle s'apprêtait à quitter le parc quand elle perçut une odeur de fleur. Mais ce n'était pas celle des plantations qui bordaient l'allée. Cette fragrance était plus exotique. On aurait dit…

Elle n'eut pas le temps de se poser plus de questions. Un bras lui écrasa la gorge par derrière. Simultanément, deux douleurs vives lui transpercèrent le dos. Elle s'affala, face contre terre, avec fracas. Les graviers rouges de l'allée lui grèvelèrent le visage.

Une tache sanglante se répandit sous elle.

Chapitre 4

Banlieue de Rillieux la Pape, au cabinet médical, le 5 mai 2005.

Le docteur Roussin dégrafa nerveusement son nœud de cravate. Il parcourut fébrilement les pages du carnet de santé destinées aux maladies infantiles. Elles étaient vierges !

Il regarda ses clients, assis dans son cabinet. Il avait en face de lui un homme de trente à trente-cinq ans, le crâne rasé, au petit bouc blond et à l'oreille percée. Son bras droit tatoué représentait un tigre prêt à bondir.

Il était accompagné d'un garçon de dix ans, blondinet au regard rieur.

– Je vois que l'enfant est domicilié à Versailles. Connaissez-vous le nom du praticien qui le suit Monsieur…

Roussin jeta un coup d'œil rapide sur la fiche qu'il venait de remplir

– … Monsieur Inguz ?

Le père de l'enfant hésita longuement et lança avec précipitation.

– Le docteur Freche, je crois !

– Vous croyez, ou vous êtes sûr ?

– J'en suis sûr !

Le docteur Roussin ressentait une impression étrange face à cet homme.

– Etes-vous le père de l'enfant ?

– Père biologique. J'ai bien connu sa mère. Il est né sous X, mais j'ai pu exceptionnellement accéder à son identité. En accord avec ses parents d'adoption de Versailles, j'ai la possibilité d'en avoir la garde un week-end sur trois. Vous voyez ?

– Très bien, très bien.

En fait, le praticien ne voyait pas du tout. Il trouva cette histoire très compliquée, trop confuse pour lui. Il revint donc au sujet qui le préoccupait.

– En tout cas, vous direz au Dr Freche qu'il n'oublie pas de remplir le carnet de santé de Tom. Je vais lui écrire une lettre que vous lui donnerez…

« A part cela, quel est l'objet de votre visite ?

– Ce matin, alors que je bricolais, Tom m'a subtilisé ma paire de ciseaux et s'est entaillé le pouce très profondément.

– Voyons cela.

Il défit le pansement et observa le doigt de l'enfant. Son visage blanchâtre exprima la consternation.

– Vous lui avez déjà fait des soins ?

– Non, je me suis contenté de lui mettre du coton et un sparadrap.

– Allons, ne vous moquez pas de moi, la plaie est déjà refermée et complètement cicatrisée ! Si l'incident a eu lieu il y a une heure, et si, comme vous me l'avez dit au téléphone, l'entaille était très profonde, ce n'est pas possible !

Une mobylette passa en pétaradant. Un énorme nuage de fumée noire s'échappa de son pot d'échappement.

L'homme et l'enfant marchaient, silencieux, dans la ville bétonnée. Les tours aux murs tagués écrasaient leurs habitants.

– Dis, Papa. C'est vrai, ce que disent mes copains ?

– Quoi donc ?

– Que c'est normal d'être malade dans la vie ?

– Eh bien, non. La maladie doit être l'exception. La santé, la règle générale. Sais-tu qu'au Tibet, les médecins ne touchent des honoraires que si leur patient est en bonne santé ?

– Mais je ne suis pas Tibétain et ne suis jamais malade…

– Je t'ai déjà expliqué que tu es différent, tout comme moi. Tu es un « accompli ».

L'enfant réfléchit, fronça les sourcils et demanda :

– Tata Morgane, c'est aussi une « accomplie » ?

– Oui, bien sûr.

– Tonton Raphaël aussi ?

– Oui.

– Et qui d'autre, encore ?

– Il y en a beaucoup à travers le monde. Mais je ne connais qu'eux !

– Pourquoi l'humanité n'est-elle pas « accomplie » ?

– Parce qu'elle préfère la guerre et l'archaïsme à la vérité.

Elle n'est pas prête à être « accomplie ».

– Comment puis-je être sûr d'en être un ?

– Nous arrivons à la maison ; je vais t'expliquer.

Ils arrivèrent devant le 27 avenue de l'Europe. Ils

entrèrent, prirent l'ascenseur jusqu'au deuxième étage. Arrivé chez eux, Michael demanda à l'enfant de lui amener le dictionnaire.

– Voilà, maintenant ferme les yeux. Je vais te donner des numéros de page. Sans réfléchir, tu vas l'ouvrir et regarder si tu tombes juste.

Le test donna neuf bonnes réponses sur dix essais.

Le gamin restait toutefois septique.

Michael trouva alors un exemple plus parlant.

– C'est comme quand tu dessines un objet, une personne, sortis de ton cerveau et que tu te retrouves face à la chose ou à l'individu longtemps après. Toi-même tu m'as dit que cela t'arrivait souvent… A chaque fois, cela t'a surpris ; c'est caractéristique de ceux qui utilisent le canal sacré.

« La notion de passé, présent, futur n'existe pas. C'est une illusion. Toi, Tom, par ta différence, tu te connectes indifféremment sur ces trois dimensions. Mais le jour où j'ai été pleinement sûr que tu étais un « accompli », c'est quand, à l'âge de huit ans, à Sainte Marie de la Mer, tu as attrapé au vol une carte du tarot de voyance : le Mat. Depuis, ce jeu ne te quitte plus.

« N'oublie jamais ce que je t'ai dit : être « accompli » peut être une bénédiction comme une malédiction ; tout dépend de ce que tu en fais.

– Oui, Papa. Et Fatou, c'est une « accomplie » ?

– Non. C'est pour cela que tu ne dois en parler à quiconque, même pas à elle.

– Oui, dit-il en soupirant. Elle dort à la maison, ce soir ?

– Non ; tonton Raphaël m'a envoyé du travail et je n'ai pas encore trouvé la solution. Il faut que j'y réfléchisse sans plus attendre.

Michael passa dans son bureau.

Il prit la photographie et la lettre reçues au fax le matin même.

Ce mot de « course », ce P en guise de signature le titillaient depuis ce matin. Il prit le cliché, le retourna. D'un seul coup, son visage s'éclaira. Mais comment n'y avait-il pas pensé plus tôt !

Il décrocha le téléphone…

9 mai 2005, 22 heures 50.

Dominique Goulaird entreprit pour la troisième fois de compter sa caisse. La recette avait été bonne, pour ne pas dire excellente. Son bar restaurant situé sur la place de la Croix-Rousse, en plein cœur du quatrième arrondissement, attirait toute la bourgeoisie de la ville. Bouchon typiquement lyonnais, il bénéficiait d'une excellente réputation.

A cinquante-quatre ans, Goulaird s'assurait des revenus plus que confortables.

Cela lui permettait d'oublier son âge, tout comme les jeunettes qu'il mettait dans son lit effaçaient les rides du temps.

Mais il ne se comportait pas comme un ingrat. Si elles se montraient compréhensives, il les récompensait ; comme la petite Tatiana, dix-sept ans, venue directement de Moldavie… Il l'avait embauchée illégalement comme serveuse et lui versait l'équivalent du RMI. Cela la satisfaisait pleinement…

D'ailleurs, il avait aussi des frais. Il la nourrissait et l'hébergeait à son propre domicile ! Elle profitait pleinement de son duplex de 220 m² avec terrasse ombragée et bassin sur les pentes de la Croix-Rousse.

La première nuit, elle s'était fait tiré un peu l'oreille, mais elle avait vite compris quel était son intérêt. Il lui avait promis de jouer de ses relations à la préfecture pour appuyer sa régularisation. La vérité, c'est qu'il ne connaissait personne dans cette administration…

De toute façon, avec les charges qu'il payait, il était forcé de procéder ainsi. D'ailleurs il avait aussi embauché un clandestin aux cuisines, et un autre à la plonge.

– C'est la seule solution pour rentabiliser une affaire, se disait-il en engouffrant la totalité de la recette dans une enveloppe et en glissant celle-ci dans la poche intérieure de sa veste.

Il regarda à l'intérieur de la salle principale. Il était tard, seul s'attardait un couple d'amoureux qui se promettaient la lune en susurrant quelques mièvreries doucereuses. Il traversa la salle, se dirigea vers la table du fond. Une serveuse, dos tourné, essuyait celle-ci avec soin. Sa jupe ultra courte laissait percevoir un haut de jambe laiteux et un petit morceau de tissu de mousseline blanc.

Dominique mis ses grosses mains sur les frêles hanches de l'adolescente et lui glissa à l'oreille :

– Dès que tu as tout fini, tu me rejoins. Je ne dormirai pas…

La jeune fille aux nattes enfantines et au corps gracile se redressa.

Son regard éteint, son maquillage trop prononcé laissaient deviner une enfance et une jeunesse disparues trop vite. Elle eut un mouvement de recul pour éviter les effluves avinés de son patron, et ne pas sentir la pression gélatineuse de sa bedaine contre elle. Sa vie ressemblait plus à la noirceur du charbon qu'à la lumière éthérée des astres.

Ce soir, elle ne verra pas sa grosse tête rougeaude, sa moustache grise et broussailleuse, ses longs cheveux sales. Elle oubliera sa transpiration, ses vomis dans le lit et ses exigences sexuelles qui martyrisaient son corps.

Elle fermera les yeux et visualisera son bel amour de quinze ans, puis la frimousse de sa fille. C'est ainsi que l'oubli s'installera pour la nuit.

Fier de lui, la démarche peu assurée, le regard vitreux, Dominique Goulaird franchit le seuil en criant au personnel présent :

– Demain, je veux tout le monde présent à sept heures pétantes. Aucun retard ne sera admis. Je veux que les toilettes soient nickel, que l'on puisse manger dedans, ou je vous fais lécher la cuvette avec la langue !

Il claqua la porte.

La serveuse et le barman Africain se regardèrent. Le silence assourdissant qui s'en suivit parla pour eux. Une personne observatrice aurait perçu le lien profond qui les unissait.

Ce regard était beaucoup plus qu'amical.

Ils reprirent leur tache, accablés par le sort qui les frappait.

Pendant ce temps, Goulaird traversa la place de la Croix-Rousse pour se diriger vers les pentes. Il emprunta plusieurs descentes escarpées en s'accrochant comme un désespéré à la rampe métallique. Puis il s'engouffra dans quelques passages, quelques traboules lui permettant d'accéder directement d'une rue à l'autre.

A mi chemin, il glissa machinalement sa main dans la poche droite de sa veste. Dans sa précipitation, il avait oublié de laisser à Tatiana les clefs du restaurant. Il en était quitte pour faire demi tour…

La montée fut difficile. Il eut du mal, compte tenu de son état d'éthylisme avancé, à reconnaître l'itinéraire qu'il empruntait pourtant tous les jours. Il arriva enfin en vue du plateau et aperçut le Gros Caillou. Une envie pressante se fit sentir.

A cette heure de la nuit, l'endroit était plutôt calme. Il se cacha derrière le monticule pour ne pas être vu de la route, et descendit sa braguette.

Il s'épancha avec soulagement.

C'est à ce moment là que ses narines humèrent les effluves capiteux d'une fleur.

Le restaurateur n'eut pas le temps de se poser plus de questions. Une douleur aiguë lui déchira le dos. Il s'écroula, affalé sur le rocher.

Chapitre 5

La sonnerie du téléphone déchira le silence nocturne. Raphaël sursauta et décrocha.

A l'autre bout du fil, une voix haletante demanda :

– Raphaël Gébo ?

– Oui.

– Il faut que vous vous rendiez tout de suite au Gros Caillou de la Croix-Rousse. Un nouveau meurtre vient d'être commis. Le commissaire Richard vous y attend.

– Le temps d'appeler un ami, et j'arrive.

Les gyrophares des voitures de police crevaient l'obscurité, laissant à penser qu'un nouveau drame venait de se produire. Les badauds se pressaient, espérant apercevoir la cause de l'agitation autour du promontoire rocheux de la ville.

Mais leurs espérances furent vaines car, outre l'éloignement, la scène de la tragédie se situait du côté de la face cachée du rocher.

Raphaël Gébo, Michael Inguz et le commissaire Richard examinaient les lieux. Le mort, pantalon ouvert, semblait retenir l'énorme bloc pour qu'il ne roule pas dans la pente. Sa position grotesque aurait pu prêter à sourire si les circonstances n'avaient pas été si dramatiques. Le sang avait éclaboussé ce promontoire que des millions de touristes venaient photographier chaque année.

Une rigole vermillon s'écoulait doucement le long de la déclivité. Plus loin, quelques chiens errants lapaient le précieux liquide.

Une grosse boule de cuivre était fichée dans le dos de la victime.

Michael Inguz tourna autour du mort. Quelque chose avait attiré son attention. Il montra au commissaire Richard la poche droite de la victime.

Une enveloppe dépassait. L'officier de police, muni d'un gant, la plaça dans un sachet plastique.

Il leur lança :

– Rendons-nous à mon bureau, nous ferons le point de la situation.

Une fois sur les lieux, il prit la parole :

– Depuis que je vous ai contacté, monsieur Gébo, deux autres meurtres ont été commis. Fabienne Besse, une jeune comédienne, a été assassinée dans le quartier de la Part-Dieu, et maintenant Dominique Goulaird, restaurateur de renommée. Inutile de vous dire que la presse se déchaîne face à cette série noire. Je subis aussi une pression des politiques, car le premier mort était un notable. Pour ne rien arranger, la saison estivale démarre dans un mois. Les indices matériels sont très faibles, les motivations du meurtrier inconnues…

« Seul fait avéré : même arme, même coupable. J'ai pu établir aussi, après de multiples recoupements, qu'il y a peu de chances pour que les victimes se soient connues.

« Pour moi, l'assassin, inconnu dans nos fichiers, frappe au hasard. Ce qui ne simplifie pas vraiment notre tâche. Mon dernier espoir, c'est vous, Messieurs ! Qu'avez-vous découvert ?

Raphaël Gébo prit la parole.

– Voici le résultat de l'analyse graphologique que j'ai pu effectuer.

Le commissaire parcourut rapidement le compte rendu.

– Cela nous en dit plus sur son mode de fonctionnement. C'est un individu relativement mal dans sa peau, c'est le moins que l'on puisse dire. Un psychopathe ! C'est ce que je redoutais le plus ! Mais si vous saviez le nombre de gens qui correspondent à ce portrait et qui résident dans cette ville !

– Oui, sauf que mon associé Michael Inguz a fait une découverte capitale. Tu veux bien nous en parler ?

– Effectivement cette signature en forme de P barré, ce mot « course » dans la lettre, m'intriguaient, sans que je puisse en trouver la signification profonde.

« C'est en scrutant le cliché de l'arme et en retournant celle-ci que j'ai compris. Il s'agit en fait d'un symbole utilisé par les astrologues ! Ce rond chapeauté par une barre transversale d'où deux pointes démarrent pour dessiner un V… C'est le symbole d'une planète. Pluton !

« Cela se confirme avec, dans la lettre, ce P barré, et surtout l'emploi du mot « course », très usité dans cette profession. Il y a donc fort à parier que le meurtrier connaît cette science. Mais pour le symbolisme, je repasse la parole à Raphaël, dont c'est le métier.

– Il faut savoir que Pluton découverte tardivement par

les astronomes, en 1930, représente pour les astrologues le signe du Scorpion, dont il est le maître. Et, par analogie, la Maison 8. Sans rentrer trop dans les détails, c'est la planète des forces souterraines, des instincts qui remontent en surface, pour détruire, afin de reconstruire quelque chose de totalement nouveau.

« C'est démolir, mettre à plat, pour mieux bâtir. C'est la purification par le vide, la destruction suivie de régénération.

Raphaël marchait dans la pièce. Le commissaire le suivait des yeux, attentif à sa démonstration.

– Actuellement, Pluton est en Sagittaire. Ce signe représentant les grands voyages, les mouvements religieux, la médecine… On lui attribue les innombrables accidents d'avions, la recrudescence des sectes et du fondamentalisme sous toutes ses formes, et les pandémies actuelles.

« Il faut savoir qu'il passera en Capricorne, signe qui représente l'autorité étatique, à partir de décembre 2008. Vous pouvez imaginer ce qui nous attend…

Raphaël adorait ces instants. Il y retrouvait l'intense jubilation de pouvoir toucher du doigt l'Histoire.

– Cet astre effectue un transit de deux cent cinquante ans. C'est-à-dire qu'il se situait exactement dans cette position en 1755, soit trois ans après la naissance de Louis XVI. Et dans son sextile sous le signe du Capricorne à la date très précise du 14 juillet 1789 ! Vous appréhendez mieux maintenant les bouleversements que cette planète amènera avec elle…

Ses yeux brillaient d'une fascination intense. Il aimait jongler avec ces notions, balayant les indices d'un passé parfois si… prévisible. Preuves par le passé, preuves par le futur…

– Pluton se préoccupe peu du genre humain. Il

représente les masses politisées. C'est le sens karmique du monde.

« Il représente aussi les forces obscures de la sexualité, exaltée ou refoulée. Sur ce point précis, confirmation nous a été donnée par l'analyse graphologique. Cette personne est à coup sûr obsédée par la pureté. Pour elle, la sexualité est rattachée à la noirceur, la saleté, au péché.

Le commissaire eut un sourire mi-goguenard, mi désabusé.

– Il ne me reste plus qu'à rechercher tous les détraqués ayant touché de près ou de loin à l'astrologie ! Mais il me manque l'essentiel : le lien qui unit les victimes au meurtrier, s'il existe, déclara l'officier de police.

C'est à ce moment que l'on frappa à la porte. Un jeune officier entra, tendit l'enveloppe trouvée dans la poche de la victime et déclara :

– Aucune trace exploitable par le labo.

– Merci. Nous allons examiner le contenu.

Muni de gants le commissaire s'apprêtait à ouvrir l'enveloppe, quand il se ravisa. Il porta celle-ci à ses narines et huma. Un très léger parfum de fleur exotique s'en dégageait.

– Je dirais qu'il s'agit d'un parfum de femme. Qu'en pensez vous ? demanda-t-il en passant l'objet sous le nez de Raphaël.

Celui-ci acquiesça. Le commissaire ouvrit l'enveloppe.

Cher commissaire,

Quatre Purifications et je cours toujours…

Après Gold et Cossard, Besse et Goulaird ont rejoint la Lune Noire.

Leur animalité avait pris le dessus, il fallait que je les stoppe.

Fabienne Besse, arriviste, carriériste, attirée par les chimères cinématographiques, donnait sa fille en pâture aux vils instincts de son compagnon.

L'innocence enfantine, violée, martyrisée a obtenu justice. Pas celle des hommes, qui relâche et gracie, mais celle des astres dont nous venons ; juste et impitoyable.

Quant à Goulaird, vieux cochon lubrique et exploiteur de la misère humaine, il est mort dans sa position préférée : le sexe à l'air.

Le transit continue…

P

Le fonctionnaire tendit la lettre à Raphaël qui l'analysa succinctement. Il s'intéressa à certains mots.

– On peut répertorier l'expression « Lune Noire » et « transit », caractéristiques du vocabulaire astrologique.

– Eh bien messieurs, je vous remercie de m'avoir éclairé. Nous allons passer au crible les cabinets de voyance et d'astrologie, les organismes qui dispensent ce type de cours, etc… Ceci dit, si cette personne a ouvert un cabinet il y a dix ans, cela risque d'être très difficile. Et à plus forte raison si l'assassin a acquis ses connaissances par de simples lectures…

– Nous vous souhaitons bonne chance, sourit doucement Raphaël. Michael et moi allons chercher de notre côté. Vous voudrez bien me faire parvenir une photocopie de cette lettre ?

– Sans problème. A bientôt.

Les deux privés quittèrent le bureau du commissaire.

Chapitre 6

Lyon, cinquième arrondissement, 15 mai 2005, 20 heures 30.

Miguel Rodriguez quitta son domicile du 5 rue du Bœuf. Il repoussa la lourde porte en bois derrière lui, pour que les touristes n'envahissent pas son hall d'entrée « si typique », comme ils disent !

De petite taille, rondouillard, le visage poupin chaussé de petites lunettes rondes, bouc noir et cheveux gominés en arrière, Miguel, à quarante-six ans, faisait partie de ces Français d'origine espagnole qui avaient réussi. Parti de rien, il était devenu le numéro un du textile en France.

Il était devenu un homme d'affaire redoutable.

Evidemment, toute médaille a son revers ; tout succès, sa contrepartie. Ainsi, il avait procédé à des licenciements de masse, parfois même sur des structures qui étaient encore bénéficiaires. Mais les affaires sont les affaires.

Ensuite, il avait délocalisé dans les pays asiatiques, mais cela n'avait pas été facile. Le gouvernement, les syndicats, tous s'étaient ligués pour lui mettre des bâtons dans les roues. Armé de gros bras, il avait procédé alors au démontage de l'outil de fabrication, de nuit, incognito.

Mais sa conscience ne le travaillait pas. La mondialisation n'était pas de son fait. Maintenant, il fallait s'adapter ou mourir. Lui avait su prendre le train en marche et en profiter. Les autres n'avaient qu'à faire de même.

Il savait aussi qu'à l'autre bout de la planète, il rendait des ouvriers heureux. Pour ces gens la prospérité était synonyme d'un bol de riz et de quelques piécettes ; pour lui, cela s'évaluait en millions d'euros…

Finalement, tout le monde y trouvait son compte, non ?

Manuel arpenta la rue moyenâgeuse, pavée. Il s'amusa, comme à chaque fois, à observer les enseignes métalliques qui annonçaient le nom des bouchons lyonnais, les échoppes artisanales et les brocantes pour touristes. Des corniches surélevées logeaient des représentations de saints qui semblaient protéger le destin des passants.

Les frontons des façades étaient ornés d'écussons.

Mais celui qu'il préférait était le « Bœuf du Vieux Lyon », situé juste à l'angle de la rue du même nom. Pour lui l'animal représentait la puissance, le courage, des qualités intrinsèques à sa personne. Du moins le pensait-il ! Et cela représentait tellement son pays d'origine !

Il se dirigea vers la gare, son attaché-case à la main, pour prendre le funiculaire.

Sa mallette comportait de nombreux documents qu'il voulait transmettre discrètement à son avocat. Il lui avait donné rendez-vous à l'intérieur de la Basilique de Fourvière, à une heure tardive, car il jugeait l'endroit plus sûr que ses bureaux d'affaires. Il avait très peu confiance en sa secrétaire, Madame Blanc. La discrétion n'était pas son fort.

L'Etat et les syndicats avaient engagé une procédure pour délocalisation abusive, ainsi que pour un sombre problème d'usines amiantées. Il fallait donc rester prudent.

Comme s'il pouvait y être pour quelque chose ! Il n'était pas médecin !

Il arriva en vue de l'arrêt. Il s'assit sur le banc et attendit. Le funiculaire stoppa. Les quelques voyageurs présents s'engouffrèrent dans la rame. Dans un quart d'heure, il serait à son rendez-vous.

Il respira un léger arôme exotique et éternua plusieurs fois. Ce parfum devait comporter les substances de cette fleur dont il était allergique… Comment s'appelait-elle déjà ? Il avait oublié son nom !

En tout cas, il était sûr qu'elle venait d'une île ! La Guadeloupe, la Martinique, ou alors…

Il n'eut pas le temps de se poser plus de questions ; les portes du wagon s'ouvrirent, c'était son arrêt. Il déboula sur le quai et monta les quelques marches qui le séparaient de l'esplanade.

La vierge dorée sur la pointe du dôme de la Basilique lui ouvrait ses bras en guise de bienvenue, comme une mère peut accueillir un enfant au retour d'une longue promenade.

L'Archange St Michel, de l'autre côté, piétinait le dragon de la pointe des pieds, tout en brandissant sa lance ornée d'une étoile à huit branches, comme s'il voulait prévenir le visiteur d'un danger imminent.

Mais Miguel n'avait cure de l'avertissement. Il y a longtemps qu'il avait vendu son âme au Diable. Celui-ci l'avait dévorée en échange de de sa fortune. L'homme d'affaire trouvait qu'il n'y avait pas perdu au change.

A cette heure de la nuit, en pleine semaine, peu de touristes arpentaient la place.

Il se dirigea vers le bâtiment religieux et poussa la lourde porte en bois. Il se dirigea vers l'esplanade de la Vierge Noire. Il prit un cierge, « oublia » de donner son obole et l'alluma.

« Ça ne peut pas faire de mal », comme il se plaisait à le dire.

Il consulta sa montre.

21 heures.

Il était en avance d'un quart d'heure sur son rendez-vous. Il s'assit en serrant très fort sa serviette contre lui. Cinq minutes s'écoulèrent, la porte s'ouvrit. Miguel se retourna.

Une silhouette se dessina. Il rajusta ses lunettes. Ce n'était pas son avocat, mais une jeune femme blonde en imperméable. Il se mit à genoux, faisant mine de prier et réfléchit à ce qu'il allait dire à l'homme de loi. Il entendit les pas de la nouvelle arrivante se rapprocher et fut étonné que celle-ci se plaçât juste derrière lui, alors que la Basilique était vide.

Il n'osa pas se retourner, pensant que son attitude serait mal interprétée. C'est à ce moment-là qu'il respira la même émanation que dans le wagon.

Une irritation chatouilla ses narines, suivie très rapidement par une douleur fulgurante dans le dos.

Deux vrilles s'enfoncèrent au creux de ses reins. Il s'écroula dans une position de supplication.

… Lui qui n'avait jamais prié.

Lyon, le 3 juin 2005, sixième arrondissement, 281 cours Lafayette, 6 heures 30.

Le réveil retentit. Une main hésitante stoppa la sonnerie.

Morgane Féhu se leva, encore accaparée par les brumes du sommeil. Elle poussa bruyamment un bâillement, tout en s'étirant. Elle s'examina dans un grand miroir.

Agée de trente ans, c'était une belle fille, née de père Français et de mère Thaïlandaise. Les garçons se retournaient souvent sur son passage ; sauf quand elle était avec Sébastien, évidemment !

S'il avait pu admirer la petite nuisette transparente rose qu'elle avait mise cette nuit ! Elle en était certaine, il se serait empressé de la lui enlever…

Comme il lui manquait ! Elle supportait de moins en moins ses voyages d'affaires au fin fond de la France, et quelquefois à l'étranger.

Cela faisait seulement deux ans qu'ils étaient ensemble, tout en vivant chacun dans son appartement, mais la jeune eurasienne avait déjà oublié ce qu'était la vie de célibataire. S'en était fini d'écumer les boîtes à la recherche de l'âme sœur, les dimanche entiers devant la télé, et les soirées pizza avec les copines…

Morgane avala rapidement son petit déjeuner de céréales et de fruits, pour finir par un café bien noir. Elle passa rapidement sous la douche puis se vêtit d'un pantalon de toile de lin léger, beige clair, et d'un chemisier de soie bleue col Mao. Elle se dirigea vers son bureau. Elle entra.

Elle entama un ballet à la fois gracieux et énergique de Tai Chi Chuan. Elle accomplit la figure « prendre le tigre sur son dos » et « attraper la queue de l'oiseau » avec maestria, en visualisant la scène, comme le lui avait enseigné son maître.

Elle consulta sa montre.

7 heures 45.

Dans un quart d'heure, elle recevra son premier client. Elle savait comme cela était important et conditionnait en grande partie le reste de la journée.

Elle alluma un bâton d'encens posé sur son buffet, mit un disque de relaxation et s'installa. Elle ferma les yeux et fit le vide en elle, puis les rouvrit. Il lui restait cinq minutes. Elle consulta d'un œil rapide les journaux de la veille, qu'elle n'avait pas eu le temps de lire.

Toutes les Unes étaient consacrées à la série de meurtres dans la ville.

« L'Avenir » titrait : « Panique en ville », « Le Lyonnais » s'interrogeait : « Mais que fait la police ? »…

Il est vrai que depuis quelques temps une certaine peur s'était installée à Lyon. Les habitants ne se déplaçaient plus qu'en couple le jour, et évitaient de sortir la nuit. Des rumeurs circulaient faisant état de milices d'autodéfense, d'autres précisaient que la police avait demandé l'aide d'experts qualifiés. En ce qui concernait ce dernier point, Morgane avait sa petite idée…

8 heures.

Elle consulta son carnet de rendez-vous. Elle devait recevoir une certaine Mme Aubert, une nouvelle cliente, sans doute, car ce nom ne lui disait rien.

Elle ouvrit la porte qui donnait sur la salle d'attente.

Hélène Suches arrivait avec sa mobylette jaune et bleue au niveau du 279 cours Lafayette. Les lourdes sacoches rebondies de part et d'autre de la motocyclette laissaient présager une grosse journée de travail en perspective.

Agée d'une trentaine d'années, grande, mince, blonde, les cheveux en brosse, les yeux turquoise, belle poitrine et petit fessier, la jeune femme ne passait pas inaperçue au sein de son administration et parmi les usagers.

Plusieurs fois, elle avait failli se faire « surprendre » dans une allée, coincée par un client qui devait sans doute penser qu'elle gardait ses lettres sous son corsage. Heureusement qu'elle savait se défendre !

Evidemment, elle avait souvent droit à des remarques de la part de ses supérieurs hiérarchiques sur ses tenues provocantes, mais cela ne la touchait pas.

Son passage dans cette administration serait provisoire, elle en était sûre. D'ailleurs, elle avait commencé à développer son côté artiste en tant que danseuse dans ce Pep Show, et cela c'était son jardin secret…

Parce que ce n'est pas avec ce qu'elle gagnait en distribuant le courrier qu'elle pouvait se payer ses envies. Mais elle devait rester discrète vis-à-vis de ses collègues postiers.

D'ailleurs, elle avait manqué de prudence, le jour où elle s'était rendue au travail en voiture de sport. Elle avait été obligée de raconter une fable pour éviter les questions, mais à partir de maintenant, elle ferait preuve de vigilance pour que ce genre de situation ne se reproduise pas.

Evidemment, ses clients de nuit demandaient quelquefois plus qu'un simple strip-tease, mais Hélène n'était pas une fille bégueule ! Si les billets sortaient par liasses, elle était d'accord.

Malheureusement, très souvent, le matin, compte tenu du peu de sommeil, il lui était difficile d'assurer pleinement son activité journalière. Mais de toute façon, elle n'en avait plus pour longtemps à distribuer le courrier. Dès qu'elle aurait suffisamment d'argent, elle se retirerait en Guadeloupe.

Pourquoi la Guadeloupe ? Parce que tout récemment, elle avait discuté avec un chauffeur de bus qui comptait prendre sa retraite là-bas.

La description des lieux et des gens l'avait convaincue. C'est sur cette île qu'elle désirait vivre, enfin heureuse !

Elle approcha du 281. C'est là qu'elle devait récupérer le « dépôt ». Il s'agit d'un sac de courrier déposé tôt le matin dans un hall d'immeuble, et qui évite au facteur de trop se charger.

Elle appuya sur le bouton d'ouverture du digicode du bâtiment. Elle sortit sa liasse classée par ordre alphabétique, qu'elle avait préparée ce matin de bonne heure. Elle se posta devant les boites et commença sa distribution. C'est à ce moment qu'elle entendit la porte d'entrée s'enclencher. Une voix venant dans son dos demanda :

– Avez-vous du courrier pour moi ?

– A quel nom ?

– Mme Pluton, comme la planète…

Hélène fut surprise, car elle savait qu'il n'y avait aucune personne de ce nom dans l'immeuble. Elle se retourna mais n'eut pas le temps de prononcer une seule phrase. Une douleur aigue lui déchira le ventre. Elle s'écroula.

Chapitre 7

Morgane demeurait perplexe. Penchée sur sa boule de cristal depuis quelques minutes, elle ne percevait toujours rien. Elle prit son pendule, mais celui-ci n'oscilla point.

Elle s'adressa à sa cliente, une vieille dame ratatinée et couverte de bijoux :

– Je ne vois vraiment pas où se trouve votre mari Albert en ce moment… Je n'y comprends rien. Je ne reçois aucune onde !

– Mon mari ? Mais qui vous a parlé de cela ? Albert est mon chien ! Un basset ! Un époux, Dieu m'en préserve !

La voyante s'apprêtait à répondre vertement à sa cliente quand elle entendit un concert de sirènes de police au pied de son immeuble. Elle se pencha à la fenêtre. Trois voitures, gyrophares allumés, bloquaient la route. Elle vit des hommes s'engouffrer dans l'allée. Elle se tourna vers sa cliente et la sermonna :

– Madame, sachez que je ne fais pas les disparitions de chiens ! L'entretien est terminé ! Je ne vous facture pas la consultation.

« En ce qui concerne l'absence de votre … animal, je

ne saurais trop vous conseiller de vous adresser à ces messieurs qui envahissent le hall de l'immeuble. Adieu, Madame !

Elle lui montra la sortie.

La vieille se contracta, raidie sur sa chaise. Elle se leva et déclara :

– Oh, on aura tout vu ! Vous savez ce que c'est, ça ? Non-assistance à personne en danger ! Mais vous entendrez parler de moi ! J'ai des relations, moi !

Elle sortit en vociférant.

Morgane laissa s'écouler quelques minutes avant de descendre au rez-de-chaussée observer ce qui se passait. Elle prit l'escalier. Quand elle voulut ouvrir la porte d'accès au hall de l'immeuble, un officier de police lui barra la route.

– On ne passe pas, Madame. Veuillez remonter chez vous.

A ce moment précis, sa dernière cliente, sortie d'on ne sait où, attrapa le policier par le bras et l'apostropha :

– Albert a disparu. Il faut le retrouver !

L'homme visiblement dépassé par les événements, se tourna vers la vieille dame.

– Ne vous affolez pas, Madame. Nous allons le retrouver ! Je vais prendre votre déposition.

Il sortit un petit calepin et un crayon de sa poche.

– Vous dites qu'il se nomme Albert. Albert comment ?

Morgane jugea le moment propice pour s'approcher de la scène du drame. Elle se faufila et se blottit derrière la colonne centrale du hall. Elle vit la jeune factrice à terre, allongée sur le côté, une boule de laiton plantée dans le ventre. Les experts de l'identité judiciaire s'affairaient autour du corps. La jeune femme fit demi-tour et passa de nouveau à côté du policier en faction, qui essayait d'expliquer à son interlocutrice, avec calme mais détermination, qu'il ne s'occupait pas de ce type de disparition.

Elle arriva à son appartement, prit son portable et composa un numéro.

– Allo, Raphaël ? C'est Morgane. Je te signale qu'un nouveau meurtre vient d'être commis… Devine où ! Dans mon immeuble ! Je crois que tu vas avoir besoin de mes talents plus rapidement que tu ne le pensais !

– Viens vite, je t'attends !

L'inspecteur Fulbert, confortablement installé à la Chambre de Commerce et des Métiers, épluchait les listings que lui avait fournis l'administration. Il était dans la position de l'enquêteur, qui cherche sans trop savoir quoi exactement.

Les cabinets d'astrologie étaient référencés XX. Y figurait la date d'ouverture, l'adresse, le nom de la personne responsable et le numéro Siret. Malheureusement, ce listing informatique n'avait été constitué que depuis sept ans. Antérieurement, tout était inscrit manuellement sur de simples fiches, et celles-ci avaient disparu dans un incendie, il y a cinq ans.

En exploitant le fichier, le policier avait remarqué qu'une case était prévue pour la date de fermeture. Mais rien n'obligeait d'en indiquer la cause… Seules les trois lettres DCD avaient été rajoutées manuellement, dans de rares cas.

Les recherches s'annonçaient difficiles.

Mais contrairement à ce que pensait son supérieur hiérarchique, le jeune officier de police adorait ce genre de tâche. Le commissaire Richard l'avait pris en grippe dès son arrivée au commissariat, il y a deux ans. Il ne supportait pas cet officier d'à peine trente ans, bardé de diplômes, qui était déjà inspecteur. A ses yeux, il faisait preuve d'un peu trop d'assurance.

Aussi l'avait-il cantonné dans des rôles que lui considérait comme peu motivants. Mais Christian Fulbert, contrairement à la plupart de ses collègues de promotion, ne se réalisait pleinement que dans ce type d'enquête.

Tenace, il avait le réflexe du pitbull. Sur une piste, il ne lâchait jamais sa proie. Il consulta sa montre.

15 heures 45.

Il avait rendez-vous dans un quart d'heure avec la directrice du Lycée Astrologique de Villeurbanne. Il prit ses documents sous le bras et sortit pour s'y rendre.

Graziella Simona était une femme dans la quarantaine, épanouie, brune, aux formes généreuses, au regard vert lumineux, qui savait charmer la gente masculine. Ambitieuse, embauchée à l'origine comme simple secrétaire au sein de l'établissement scolaire, elle en était maintenant la Directrice.

– Comme je vous le dis, Commissaire…

– Pas encore… Inspecteur.

– Comme je vous le dis, Inspecteur, je vous laisse libre accès aux fichiers de nos anciens élèves, en sachant que nous essayons de les suivre une fois qu'ils s'installent en profession libérale. Mais en connaissant le portrait psychologique que vous m'avez brossé, je doute que ce type de personne ait fréquenté les bancs de notre école.

– N'avez-vous jamais entendu parler d'un fait

marquant, troublant, qui aurait concerné un ou une de vos anciens élèves et qui pourrait se rattacher à la description que je vous en ai faite ?

– Non, pas que je sache. Vous savez, je ne suis directrice que depuis trois ans… Attendez, si ! L'ancien directeur, monsieur Charles Robert, m'avait raconté un événement qui l'avait profondément troublé. A l'époque, je n'étais pas encore embauchée dans le lycée, et si Charles ne m'en avait pas parlé, je n'en n'aurais jamais eu connaissance.

– Quel type d'incident ?

– Il y a une dizaine d'années, une de ses anciennes élèves, une des plus brillantes, avait mis le feu à sa maison dans un accès de démence. Elle avait provoqué la mort de trois personnes, si je me souviens bien.

C'était pour ces moments que Christian Fulbert adorait son métier. Il sentait qu'il tenait le bout de l'un de ces fils, qu'il remontait ensuite avec opiniâtreté.

– Vous souvenez-vous de son nom ?

– Son prénom commençait par un A. Annabelle ? Astrid ? Je ne me rappelle plus. Quant à son nom, impossible de m'en souvenir…

– Charles Robert est-il toujours vivant ?

– Oui, bien sûr.

– Avez-vous ses coordonnées ?

– Son adresse, oui. Mais il n'habite plus cette ville. Il s'est expatrié sur l'île dont il rêvait. Celle où il se rendait pour toutes les vacances d'été. Il voulait y finir ses jours.

– Sur quelle île ?

Graziella lui tendit une carte postale reçue récemment.

– Sur l'île de Ré.

Le même jour, septième arrondissement, stade de Gerland, 20 heures.

Tifany Minguez, trente-trois ans, petite rousse à la coupe carrée et au regard volontaire, assistait en compagnie de son fiancé au match mythique OL – Saint-Etienne. Cela faisait plusieurs mois qu'elle avait réservé ses places, et elle espérait que ce spectacle amènerait l'oubli sur ses ennuis professionnels.

Responsable de communication d'un grand laboratoire pharmaceutique, elle avait dû intervenir tout récemment dans une affaire plutôt glauque. Le grand groupe qui l'employait avait écoulé sur le marché un médicament qui était susceptible de provoquer des effets secondaires terribles. La société avait évoqué, pour sa défense, l'aval de la Commission de Contrôle, ce qui était tout à fait exact. Ce qu'elle avait oublié de préciser, c'est que cet agrément avait fait l'objet d'une transaction financière occulte.

Les premiers cas de paralysie des membres inférieurs étaient apparus. Dans un premier temps, on pouvait les compter sur les doigts d'une main. Puis ils se multiplièrent.

La jeune femme sut que le responsable commercial était impliqué.

Elle en avisa son Directeur Général, qu'elle admirait et respectait. Pour elle, il incarnait l'image même de la droiture et de l'intégrité. A sa grande surprise, il lui révéla qu'il avait toujours été pleinement avisé du problème, depuis l'origine et qu'il avait donné son accord.

Il insista pour que son employée sauve coûte que coûte la réputation du groupe et lui octroya immédiatement une augmentation de 20 % de ses émoluments.

Tifany n'avait qu'un seul gros défaut : elle n'avait jamais su résister à l'attrait de l'argent. Elle accepta. Elle essaya tout d'abord d'éteindre le feu en achetant le silence des premières victimes. Mais déjà, les familles s'étaient regroupées en association et avaient porté plainte devant les tribunaux.

L'enquête de police avançait. Le fonctionnaire ripoux était en garde à vue depuis quarante-huit heures. S'il lâchait le morceau, tout était fichu. Elle aurait beau balancer des communiqués rassurants à la presse, l'affaire serait entendue. Une énorme panique populaire s'installerait, et la ruine des laboratoires ZAFI en découlerait.

Absorbée par le flot de ses pensées, elle n'avait pas suivi l'engagement du match. Déjà, un des attaquants de l'OL perçait la défense adverse, faisait une passe à un attaquant de pointe qui driblait et tirait, et BUT !!!!

Premier but, quatre minutes après l'engagement !

La tribune se leva. Des cris fusèrent. Tifany exulta. Elle brandit son écharpe aux couleurs de son équipe comme un trophée. Julien lui souriait. Elle était pleinement heureuse.

Elle se dit que cet homme serait peut être celui qui partagerait sa vie. Il faudra qu'ils envisagent peut-être de vivre ensemble…

Le score fut de deux à un pour l'OL. La foule s'éloigna lentement du stade.

Ils rejoignirent leur voiture. Julien Courcel prit le volant ; il raccompagna la jeune femme devant son bâtiment, avenue Jean Jaurès et demanda s'il pouvait monter chez elle boire un dernier verre.

Mais Tifany, habituée à travailler très tard sur ses dossiers avant de s'endormir, refusa gentiment et sortit du véhicule. Le jeune homme un peu dépité, démarra en pensant que sa fiancée avait sans doute de bonnes raisons pour refuser. Il mit cela sur le compte des problèmes professionnels qu'elle avait évoqués, sans entrer dans les détails.

Elle entra dans son immeuble, appuya sur le bouton d'appel de l'ascenseur. Mais le panneau lumineux de signalisation indiquait que celui-ci restait obstinément bloqué au dernier étage.

Tifany laissa échapper un juron.

– Flûte ! Il est encore en panne !

Elle prit l'entrée annexe, qui donnait sur les escaliers.

L'ascension fut difficile. Arrivée au cinquième étage, elle poussa la porte qui donnait sur le palier.

Une ombre fondit sur elle. Un étau lui serra la gorge. Elle sentit deux vrilles s'enfoncer dans son dos. Elle s'effondra, face contre terre. Une boule de laiton, plantée dans sa colonne vertébrale, donnait l'illusion d'un insecte parasitaire qui se serait incrusté et qui l'aurait vidé de son sang ; comme une énorme tique, mutant rescapé d'une guerre bactériologique.

Chapitre 8

Deux jours plus tard, le 10 juin 2005, commune de Charbonnières, banlieue résidentielle de Lyon.

Morgane Féhu, installée dans le bureau de Raphaël Gébo en compagnie de Michael Inguz, observait avec intérêt la casquette de cuir et la boule de laiton posées devant elle.

Raphaël prit la parole :

– Voici deux objets ayant appartenus à l'assassin.

« Te sens-tu prête pour ce genre d'épreuve ?

– Pleinement. Ne t'en fais pas.

Elle prit le couvre-chef, posa ses mains dessus et ferma les yeux.

Sa respiration se fit plus saccadée, puis devint haletante. Des secousses parcoururent son corps. Ses paupières clignotèrent. Des gémissements échappèrent à ses lèvres.

Puis tout redevint calme.

Elle chercha à tâtons la boule de laiton, l'attrapa et recommença l'expérience. Le processus se renouvela, mais de façon plus intense.

Puis l'apaisement revint. Michael, avide de

renseignements, la questionna :

– Alors ? Qu'as-tu ressenti ?

– Pour l'arme, ce fut confus et violent. N'oublions pas que se mélangent ici les auras de deux personnes, le criminel et la victime… Donc de ce côté-là, pas grand-chose à exploiter. J'ai revu pleinement la scène du crime, mais l'assassin m'est toujours apparu de dos ou dans l'ombre. Je confirme, comme le laissait présager le parfum, qu'il s'agit bien d'une femme, mais avec un côté très masculin.

– Que veux-tu dire par là ?

– Je ne sais pas ; c'est une impression… Je continue sur l'indice vestimentaire. Là, c'est plus intéressant. J'ai eu d'abord la vision d'une île tropicale, puis celle de flammes, un brasier immense !

« Presque simultanément, j'ai ressenti une douleur intense, un deuil inconsolable, celui d'un enfant ! C'était le sien !

Un long silence s'installa. Les trois amis se regardèrent, effarés, muets.

Ils avaient ouvert une plaie béante, une boîte de Pandore !

– Il y a autre chose que j'ai ressenti : elle est comme moi.

– Que veux-tu dire par là, Morgane ? demanda Raphaël.

– Je veux dire que ce n'est pas uniquement une astrologue. C'est une extralucide. Une force mentale puissante m'empêchait de l'identifier. Elle est très dangereuse car son émotionnel est considérablement perturbé.

– Voilà qui nous en dit un peu plus sur elle, déclara Raphaël… Toutefois, nous ne connaissons pas sa motivation, et encore moins son identité. Quel est le lien qui relie les victimes ? Mystère…

« J'ai du mal à admettre qu'elle frappe par pur hasard ; c'est impossible !

Il se tourna vers la carte de la ville qu'il avait affichée au mur. Des punaises rouges indiquaient la localisation des différents meurtres.

– J'indique les dates des différents crimes. Je relie le tout…

Raphaël s'écarta de cinq mètres pour avoir une vue d'ensemble, et observa.

Trois minutes s'écoulèrent jusqu'à ce qu'un éclair de triomphe traverse ses yeux.

– Mais oui ! Comment ne m'en suis-je pas aperçu plus tôt ? Son itinéraire meurtrier est soigneusement élaboré. Il s'agit du transit plutonien à travers les différentes maisons astrologiques. Actuellement, si ma mémoire est bonne, Pluton est en Maison 7 ; et le dernier meurtre a eu lieu dans le septième arrondissement. Tout se tient !

« Le rythme d'exécution est évidemment beaucoup plus rapide que le transit réel de la planète.

– Ton raisonnement tiendrait si Lyon avait douze arrondissements comme les maisons, mais il n'en a que neuf, coupa Michael.

– C'est vrai. Mais je suis prêt à parier que son action continuera dans les proches banlieues. Il suffit de suivre le plan et continuer le cercle.

Raphaël caressait la carte des yeux.

– Donc, logiquement, sa prochaine cible habitera le huitième. Il faudra concentrer les forces de police à cet endroit de la ville.

On sonna au portail. Le commissaire Richard les rejoignit.

Raphaël le mit au courant de ses ultimes conclusions. Le policier lui fit lire la dernière lettre trouvée sur le corps de Tifany Minguez.

Chers Messieurs Richard, Gébo et Inguz,
chère Mademoiselle Féhu,

Ainsi donc, Monsieur le Commissaire, vous piétinez encore.

Déjà sept meurtres et aucune piste, je le sais.

Quel honneur pour moi que le célèbre détective M. Gébo et ses deux associés s'occupent de mon cas.

La presse ne parle que de moi… C'est très flatteur !

La petite pute blonde, le charognard gominé, l'arriviste ne nuiront plus. Pluton, roi des Enfers, les a frappés ! Son transit continue. A vous de l'arrêter, si vous le pouvez !

P

Le même leitmotiv, les mêmes reproches s'affichaient. Avec une différence de taille toutefois : les trois « privés » étaient cités dans la missive.

Cette constatation tomba comme une sentence. Elle possédait un avantage indéniable sur eux. Ils étaient à découvert, alors qu'elle demeurait dans l'ombre.

Devant cette menace, Morgane s'empressa d'interroger l'officier de police :

– De votre côté, qu'avez-vous trouvé, Commissaire ?

– Peu de chose. J'ai envoyé Fulbert à l'île de Ré. Il semblerait qu'il ait peut-être un semblant de début de piste.

« Quant au fameux parfum sur les lettres, il viendrait

d'une fleur rare que l'on ne trouve qu'à l'île de la Réunion. Il s'agit du balisier ou canna. Les parfumeurs qui la diffusent sont peu nombreux. J'ai donc un peu d'espoir.

Morgane ne fut pas pleinement rassurée par cette affirmation.

Le commissaire paraissait abattu.

– Il faut que je vous avertisse. Mes supérieurs m'en ont informé il y a peu : face à la lenteur de l'enquête, ils me la retirent. Des spécialistes de la capitale sont sur Lyon et reprennent l'affaire en mains. Je suis officiellement en congés payés depuis une heure.

« Vos frais vous seront donc réglés jusqu'à aujourd'hui, car mon remplaçant, le commissaire Kieffin, n'a pas l'intention de continuer notre collaboration, qu'il juge… disons « peu orthodoxe ». Toutefois, par honnêteté, je lui ferai part de vos tout derniers résultats.

Richard ne savait comment poursuivre la conversation.

– Compte tenu de votre implication dans l'enquête, souhaitez-vous une protection policière ? Je dois vous en avertir, elle ne pourra être que temporaire…

Les trois amis échangèrent un regard, puis firent un léger signe de tête, pour remercier le commissaire. En choisissant cette activité, ils en avaient pleinement pesé les risques, et entendaient les assumer.

– Donc, je vous annonce qu'actuellement, le Ministre de l'Intérieur est informé vingt-quatre heures sur vingt-quatre du déroulement de l'enquête. Quant à moi, je suis trop Lyonnais pour me plaire dans une autre ville. Je ne vais pas trop m'éloigner. J'ai un petit pied à terre à St Maurice de Rémens, entre Ambérieu et Meximieux.

Il sortit un papier de sa poche, manifestement préparé

pour l'occasion, et le leur tendit.

– Voici mes cordonnées… au cas où vous voudriez vous mettre au vert un week-end.

Le regard du commissaire brilla étrangement, comme s'il voulait faire passer un message.

Raphaël prit la carte et la posa sur son bureau.

L'officier de police fit ses adieux. Une certaine émotion l'étreignait. Il essaya de n'en rien laisser paraître, mais les trois enquêteurs ne furent pas dupes.

Une fois la porte refermée, ils se regardèrent longuement, dans un silence gêné. Ce fut Raphaël qui le rompit.

– Je ne supporte pas ce genre de décision arbitraire. Retirer l'enquête, retirer l'enquête… Mais qu'est ce que ça veut dire ? Ils croient quoi, à Paris ?… Qu'on arrête un *serial killer* en claquant des doigts ? C'est que je me suis investi, dans ces investigations, moi !

– Et nous donc ! soupirèrent ses amis en cœur.

– Voilà ce que je vous propose : compte tenu du fait qu'à partir d'aujourd'hui nous ne sommes plus rémunérés, mettons notre mission en sommeil. Gardons toutefois le dossier entrouvert, et restons attentifs à la suite des événements par le biais de la presse.

« Autre chose : gardons un contact permanent, car n'oublions que la meurtrière connaît nos identités. La moindre alerte sur l'un de nous donnera lieu à une mobilisation immédiate et générale. Soyons vigilants. Nous ne savons pas ce qui peut se passer dans la tête de cette détraquée.

« Etes-vous d'accord ?

L'acquiescement fut unanime.

Chapitre 9

12 juin 2005.

L'inspecteur Fulbert franchit le péage de l'immense passerelle qui reliait le continent à l'île de Ré.

Il roulait entre le ciel et la mer, entre les goélands et les dauphins. Cette situation le ravissait. Au loin, l'océan à perte de vue, en bas de petits chalutiers rentrant au port, laissant derrière eux une traînée de vapeur blanche.

Le viaduc franchi, le policier prit la direction de Saint Martin en Ré. Il arriva dans ce petit village aux rues pavées, aux maisons blanches ornées de volets bleus. Il gara son véhicule en bas et marcha jusqu'au centre. Arrivé sur la place centrale, il repéra le n° 17. Une rose trémière, coincée entre les pavés, avait poussé sur le devant de la façade, par on ne sait quel miracle.

Il sonna.

L'attente fut longue. La porte s'entrouvrit. Un homme sec apparut, aux cheveux argentés et à l'œil malicieux.

– C'est pour quoi ?

– Monsieur Charles Robert ?

– Oui.

– Inspecteur Fulbert. Police criminelle de Lyon. Puis-je entrer ?

Les deux hommes étaient confortablement assis dans les chauds fauteuils du salon.

– Ainsi, vous aimeriez en savoir plus sur l'incendie du 11 septembre 1995, impliquant une de mes anciennes élèves, s'amusait le vieil homme en versant un verre de sirop de menthe au policier.

« A l'époque, cela m'avait interpellé. Normal, quand une de mes meilleures étudiantes avaient été impliquée – puis condamnée – et j'avais suivi l'histoire de très près.

Il se replongea dans son fauteuil, manifestement ravi.

– Aimez-vous les belles histoires d'amour, Monsieur Fulbert ? Je suis sûr que oui.

L'inspecteur Fulbert sourit. Encore un de ces moments comme il les chérissait.

– Celle-ci avait bien commencé, mais s'est achevée par un drame, soupira le vieillard en s'enfonçant pesamment dans son fauteuil de velours rouge.

« Astrid Burdey est née à l'île de La Réunion, je crois me souvenir d'un père instituteur et d'une mère médecin généraliste. Enfant unique, et choyée. Elève moyenne, elle avait peu d'amis, parce que très solitaire, et plutôt timide. Elle ne se complaisait que dans des rêveries, des mondes imaginaires…

Charles Robert aimait raconter les histoires, et il savait ménager ses effets.

– … C'est du moins ce que pensaient ses parents, avant de comprendre bien plus tard que celle-ci avait accès à des mondes parallèles.

– Que voulez-vous dire par là ?

– Tout simplement qu'elle avait « le don », comme on dit pudiquement dans certaines familles…

« Où en étais-je, déjà ? Oui, ses prédispositions… Mais ses parents, plutôt obtus, avaient occulté les incidents qui auraient dû les avertir, et les années passent… Astrid a quitté son île pour étudier le droit à l'université Lyon III. Elle rêvait de devenir avocate. Elle a travaillé dur à côté, pour pouvoir se payer son loyer et sa nourriture. C'était une fille blonde, au physique ingrat et…

Le vieil homme fait une moue. Il cherche la meilleure description.

– … Plutôt garçon manqué. Ce qui génère en elle un manque d'assurance certain. Elle se lance alors dans le sport pour palier ce qu'elle considère certainement comme un handicap. Son choix se porte sur des sports naturellement très masculins comme l'haltérophilie, la boxe anglaise, l'aviron, la lutte, qui, pense-t-elle, lui assureront une certaine consistance.

« Mais son manque de féminité fait plutôt fuir les hommes. A l'âge où ses amies sont en couple, elle reste seule.

On sent que son ancien directeur s'est non seulement beaucoup intéressé à son élève, mais qu'il s'est également passionné pour ce qu'en ont raconté les journaux, plus tard. Son récit ressemble aux enquêtes des journalistes à sensation.

– … Aussi est-ce une aubaine quand, lors d'une soirée organisée sur un bateau amarré sur les quais du Rhône, par une belle soirée d'été, un homme la remarque. A trente-deux ans, c'est inespéré.

Fulbert sourit. On se croirait véritablement dans les

pages du quotidien local… Charles Robert n'exagérait pas quand il disait s'être « beaucoup intéressé à l'affaire ».

– Cet homme, Jean Novel, veuf, père d'un enfant, industriel dans la fonte des métaux, mais beaucoup plus vieux qu'elle, la séduit. C'est le coup de foudre. Ils se marient peu de temps après leur rencontre et abordent le temps par un long bonheur sans faille. Mais Astrid connaît des « absences », de plus en plus fréquentes. Elle en souffre, mais n'en dit mot à son mari, trop cartésien pour admettre ce genre de phénomène.

« Ils achètent une petite maison au cœur de Villeurbanne, dans la proche banlieue de Lyon. Elle décide d'arrêter ses études pour se consacrer exclusivement à son mari et son beau-fils. Lui travaille tous les jours à sa fonderie de Tarare, éloignée d'une trentaine de kilomètres.

Même depuis sa retraite de l'île de Ré, Christian Fulbert sentait que le vieux directeur avait conservé une véritable affection pour son ancienne région. L'évocation de ces lieux le replongeait dans les années d'une vie bien remplie.

– Les années passent ainsi. Mais la Réunionnaise, au fil du temps, commence à s'ennuyer. Elle trouve sa vie grise et triste, à l'image de sa ville d'adoption, et regrette les couleurs chamarrées, le soleil de son île. Mais surtout, sa vie de femme au foyer l'ennuie. Elle regrette l'indolence estudiantine.

« Parallèlement, elle commence à s'intéresser de plus près à l'origine de ses flashs. Elle acquiert de nombreux ouvrages traitant de ce genre de phénomènes, jusqu'à constituer une bibliothèque entière. Son compagnon n'aime pas ses lectures, et le lui fait remarquer, mais elle n'en a cure. Elle comprend que son cerveau, différent, capte des fréquences passées ou futures en présence de certains individus. Mais son intérêt se porte surtout sur la technique astrologique, méthode plus fiable et reconnue que la voyance. Malgré l'opposition de son mari, elle s'inscrit à notre école, au Lycée d'Astrologie de Villeurbanne. Elle obtient avec brio son diplôme trois ans après, juste au moment de la naissance de son fils Hubert, qui les comble de joie.

« A vingt-deux ans, Antoine, l'enfant de son mari, issu de son premier mariage, quitte la maison, pour vivre sa propre vie. Les voilà tous les trois, se retrouvant pour un autre départ.

« Mais Astrid a changé. Elle ne veut plus vivre dans l'ombre de son mari. Elle s'est rendu compte qu'élève peu brillante dans son cursus scolaire, elle excelle en revanche en astrologique. Elle en est sûre : sa voie est là ! Elle va ouvrir un cabinet en ville !

« Le vilain petit canard s'est transformé en cygne, prêt à prendre son envol. La chenille s'est muée en papillon. Au diable les doutes, hésitations et peurs de sa jeunesse ; son destin l'attend.

« Malgré les objections de son époux, qui commence à perdre pied face à cette femme qui lui échappe, elle réalise son projet un an après la naissance de son fils. Elle confie celui-ci à une nourrice à domicile.

« Les tensions du couple s'exaspèrent de plus en plus, jusqu'au drame, deux ans après… C'était la date d'anniversaire de leur rencontre. Astrid avait décidé de faire une surprise à son Jean. Depuis quelques temps, voyant que son couple partait à la dérive, elle avait décidé de faire des efforts et de redonner une nouvelle chance à sa relation.

« A l'occasion de cette date importante pour elle, elle avait décidé d'effectuer une visite impromptue à l'usine de son mari. Elle reporte tous ses rendez-vous de l'après-midi.

« Elle s'était faite belle, avait mis son parfum préféré, tiré de cette fleur qui lui rappelle tant son enfance à la Réunion.

« Elle emmène un panier, où elle y avait glissé une bouteille de bon vin. Elle avait mis des bas, un string rouge et un soutien-gorge à balconnet. Il fallait que cette journée reste dans sa mémoire.

« Elle laisse quelques consignes à Manou, la nourrice, et lui signifie qu'elle serait de retour pour le dîner.

« Le voyage se passa sans incidents. Elle arrive en vue de la fonderie, laisse sa voiture en contrebas et prend le sentier escarpé qui y mène. Elle entre dans le bâtiment. Dix-huit heures trente, les ouvriers avaient déjà quitté l'usine. Elle monte à l'étage, se dirige vers la porte du bureau de son mari et l'ouvre. Ce qu'elle voit la pétrifie. Une femme complètement nue, allongée sur le bureau, gémit sous les coups de son conjoint, qui l'abreuve d'injures salaces !

« La femme, qu'Astrid identifie pour l'avoir aperçue à l'église lors de son mariage, était la secrétaire de son mari. Elle cesse de gémir et ouvre de grands yeux étonnés en voyant la nouvelle arrivante.

« Surpris de ce changement, son partenaire se retourne et la voit. L'intruse claque la porte et court jusqu'à son véhicule, puis démarre en trombe.

Manifestement, Charles Robert s'amuse encore de son récit.

– Rien ne fut plus comme avant au sein du couple. Mais contrairement à ce qu'on aurait pu penser, elle ne demande pas le divorce. Elle pardonna… Du moins Jean Novel le pensait-il. Il ne pouvait pas imaginer que son épouse, dont l'équilibre psychologique avait été fortement ébranlé par le drame, mûrissait une terrible rancune à son encontre. Elle l'avait placé si haut, sur un piédestal… Trop haut, pour que cette grande histoire d'amour finisse par une simple séparation.

« Elle laissait cela aux petits, aux alliances de connivences, à ceux qui n'éprouvent que tièdes sentiments, inclination fade et sexualité en berne.

« Son âme, son cœur, son corps lui appartenaient. C'est lui qui l'avait épanouie sexuellement et avait fait sauté toutes ses inhibitions Elle l'avait auréolé d'une aura d'un blanc immaculé. Il ne lui inspirait que dégoût et saleté, à l'image des turpitudes basiques de notre société : violence, argent, sexe.

« Astrid était sûre d'une chose : elle ne laisserait pas cette aventurière lui prendre son unique amour. Il ne se damnera plus avec elle, ni avec qui que ce soit d'ailleurs…

« Les vacances d'été s'écoulèrent. Pour la première fois depuis longtemps, ils ne partirent pas ensemble. Septembre arriva. Le quatorze, un jeudi, était une belle journée ensoleillée. Le matin, Jean Novel fut contraint de rester au lit atteint par de violents maux d'estomac. A midi, sa femme rentra faire le repas et lui administra un médicament pour dormir. Elle donna ses instructions à la nounou, qui devait emmener Hubert au parc l'après-midi.

« A treize heures, Astrid quitta le domicile pour se rendre à son bureau. A quatorze heures la nourrice et l'enfant sortirent pour la promenade.

« Jean Novel dormait.

« Une demi-heure plus tard, un observateur attentif aurait été surpris de voir une ombre verrouiller les portes de la maison, répandre de l'essence sur les murs, puis craquer une allumette.

« Ce que ne savait pas l'ombre, c'est qu'entre-temps, la nourrice s'étant aperçu qu'elle avait oublié la casquette de l'enfant, était revenue au domicile, en passant par la porte de derrière.

« Aussi, la jeune femme verrouilla les accès sans savoir qu'elle enfermait trois personnes, dont son propre fils…

« La maison construite en grande partie de bois, se consuma très vite. Tous périrent… Les enquêteurs n'eurent aucun mal à prouver que l'incendie était d'origine criminelle.

« En apprenant son erreur, l'incendiaire, effondrée, passa aux aveux, mais sa raison, déjà fragile, vacilla complètement. On dut l'hospitaliser d'urgence.

« A son procès elle échappa à la prison et fut internée dans un hôpital psychiatrique pour un traitement lourd.

« Elle doit certainement y séjourner encore.

Tout au long du récit, l'inspecteur avait griffonné les grandes étapes sur son carnet. Il laissa passer quelques secondes, à la recherche des questions qui pourraient lui venir à l'esprit. Tout cela, il pourrait maintenant le retrouver dans les archives de ses services, puisqu'il savait maintenant où chercher…

– Savez-vous dans quel hôpital elle a été placée ?

– Celui de Bron, je crois. Le Vinatier. Voilà toute l'histoire telle que j'ai pu la suivre à travers les médias de l'époque. J'espère que cela vous aura aidé. Mais pourquoi ressortir cette vieille histoire ? Vous pensez qu'elle pourrait être liée aux meurtres de Lyon ?

– Je ne sais pas. Je cherche. Vous êtes un redoutable chroniqueur.

– Je suis un vieil homme qui a le temps…

Son regard se perdit quelques secondes dans le vide. Puis il sembla se rappeler un détail, et ses yeux se fixèrent sur une vieille commode.

– Attendez… Lors de l'inauguration de son cabinet, elle m'avait invité et m'avait laissé sa carte. Je dois l'avoir conservée.

Il fouilla dans un tiroir, et en extirpa un petit bristol jauni. On y lisait :

Astrid Novel
Astrologue
04 78 58 11 22
8 av Berthelot
LYON VIII

Chapitre 10

L'inspecteur Fulbert fouillait consciencieusement l'appartement d'Hélène Suches, l'employée de la Poste. Il avait déjà passé au crible celui de Tifany Minguez, sans résultat.

Il vidait consciencieusement les tiroirs du bureau, quand quelque chose l'intrigua. Il retourna celui du haut et découvrit une cache. Ce double fond contenait une enveloppe. Il l'ouvrit.

Il s'agissait de clichés. Au premier coup d'œil, on pouvait les classer dans la catégorie de certains sites X d'internet. Ils représentaient Hélène en compagnie de plusieurs hommes et femmes lors de soirées particulières. Etait joint un petit carnet d'adresses.

Il feuilleta celui-ci. Il y reconnu quelques noms, ceux de notables de la ville. Avocats, chirurgiens, hommes politiques... Ce calepin était une véritable bombe à retardement !

Le policier décida d'examiner plus en détail les photographies. L'une d'elle attira plus particulièrement son attention. Un homme nu, debout, adossé au mur tenait au niveau de son sexe la tête d'une demoiselle. On reconnaissait Hélène. Son partenaire au sourire béat n'était autre que… le commissaire Richard.

L'inspecteur comprit vite quel parti il pourrait tirer de sa découverte. Il glissa l'enveloppe et le calepin dans la poche intérieure de sa veste.

Il voyait mieux maintenant comment une petite factrice avait pu acheter un appartement boulevard des Belges, le quartier le plus huppé de Lyon. Mais malgré l'intérêt de sa découverte, ce n'était pas vraiment ce qu'il cherchait. Il avisa un grand placard qu'il n'avait pas encore fouillé. Il trouva posé sur une étagère des boîtes où étaient rangées des chemises cartonnées. Compte tenu de l'épaisseur de la poussière, les dossiers n'avaient pas été consultés depuis fort longtemps.

Il s'agissait de bulletins de salaires, relevés de compte et factures diverses. Son regard fut attiré par un classeur où il était écrit en rouge – Consultation voyance.

En parcourant rapidement les documents, l'officier de police comprit très vite que la jeune femme avait consulté nombre de tarologues, voyants, astrologues, chiromanciennes, numérologues, magnétiseurs, etc…

Cela équivalait à une consultation tous les trois mois depuis ses seize ans. C'était vraiment une « accro » à ce genre de prestations.

La jeune femme avait méticuleusement tout conservé, et avait même établi un barème de notation de une à trois étoiles, selon la qualité de l'accueil et les tarifs. Des commentaires datés s'attachaient à la véracité des prédictions établies.

Ses plus anciens dossiers concernaient une certaine

Astrid Novel ! Très bien notée, elle revenait régulièrement, jusqu'à une interruption brusque des rendez-vous.

La jeune femme avait griffonné d'une écriture minuscule et malhabile quelques mots à la date de sa dernière visite. Fulbert rapprocha le document pour essayer de le déchiffrer.

Il rajusta ses petites lunettes rondes.

On lisait : « Comportement étrange. Interrompre les visites ».

Ainsi, il établissait pour la première fois le lien qui reliait la meurtrière, il en était profondément convaincu maintenant, à une de ses victimes. Tous devaient être d'anciens clients !

S'il n'avait rien trouvé chez les autres assassinés, c'était tout simplement parce que les prédictions de l'astrologue, trop anciennes, n'avaient donc pas été conservées.

L'inspecteur franchit le seuil du hall du siège social des parfumeries Zéphir. Le vestibule de marbre et de bois exotique, les senteurs, le clapotis de la fontaine intérieure, atmosphère magique du mariage du zen et du luxe captaient l'arrivant.

Le policier se dirigea vers un bureau d'accueil en forme de demi-lune et demanda à parler au directeur.

Confortablement installé dans son fauteuil de cuir, Fulbert examina son interlocuteur. Cheveux gris taillés en brosse, lunettes d'acier aux verres fumés, visage halé et traits énergiques, Brice Mathias représentait la caricature du self made man à la cinquantaine prospère. Avenant comme le commercial qui veut absolument vous fourguer son dernier produit, il se tourna vers l'inspecteur et lui tendit la liste des neuf cent quatre-vingt-dix-huit clients

Rhodaniens qui achètent « Ethéré, le parfum la pureté », comme le proclame sa publicité.

– Les acheteurs sont peu nombreux parce que le produit est tiré d'une fleur que l'on trouve à un seul endroit, La Réunion. Sa rareté en fait son prix.

– Pouvez-vous effectuer une recherche alphabétique sur le nom d'Astrid Novel ?

Le directeur tapota rapidement les références. Il sortit la feuille de l'imprimante et la tendit à l'inspecteur.

– Voilà. Astrid Novel. Nom de jeune fille : Burdey. Nous avons même son adresse : 8 avenue Berthelot, Lyon 8ème.

Fulbert sentait une nouvelle fois le goût de la victoire. Décidément, il aurait d'un bout à l'autre suivi les pistes les plus efficaces…

– De quand date son dernier achat ?

– Un peu plus d'un mois.

Le policier fut stupéfait ! La meurtrière ne manquait pas d'audace ! Elle se faisait domicilier à l'adresse de son ancien cabinet ! A moins qu'elle n'ait donné une adresse bidon.

Il décida d'en avoir le cœur net de se mit à la recherche de cette agence.

Le 8 avenue Berthelot était un immeuble du XIXème, rénové une dizaine d'années plus tôt. Christian Fulbert prit un ascenseur fort ancien, à la porte de fer forgée. Il appuya sur le cinquième. Les immenses roues tournèrent, actionnées par d'énormes câbles apparents.

Le palier du cinquième, plus restreint, donnait accès à deux anciennes chambres de bonnes aménagées en appartement. Il remarqua tout de suite que le compteur électrique central était relié à l'un des logements. Sur la porte était punaisé un bristol où l'on avait écrit au crayon papier « Astrid Novel ». Il en était ainsi de la boîte aux lettres du rez-de-chaussée.

Le jeune homme consulta sa montre. Ce n'était pas l'heure légale. Il jugea que, compte tenu de la gravité de l'affaire, ses supérieurs hiérarchiques ne lui en tiendraient pas rigueur.

Il prit son couteau de poche qui ne le quittait jamais, et entreprit de fracturer la serrure. Elle céda au bout de quelques minutes. Il entra. Le minuscule logis comprenait deux pièces, sans porte de séparation. La première pièce était meublée d'un bureau et d'un meuble métallique servant à classer des dossiers. Un petit évier en émail blanc était accroché au mur. Une très vieille affiche abîmée par le temps représentait le thème astral d'un personnage illustre.

Le policier passa dans l'autre salle. Un lit de camp sommaire y trônait ; un peu plus loin, un réchaud à gaz et des restes de repas indiquaient que l'occupant avait abandonné les lieux il y a peu.

Par acquis de conscience, Christian décida de jeter un coup d'œil dans le meuble de rangement ; mais comme il le pensait, la meurtrière avait fait main basse sur les dossiers de ses anciens clients.

Ainsi, depuis quatre mois, date du premier meurtre, Astrid Novel avait réaménagé dans ses anciens locaux professionnels, dont elle devait sans doute être propriétaire.

Dieu seul sait où elle pouvait bien se trouver maintenant, prête à frapper de nouveau.

Le jeune officier s'apprêtait à quitter les lieux quand il remarqua que quelque chose avait été coincé derrière le meuble. Il poussa avec difficulté celui-ci et tira l'objet.

C'était une toile. Une peinture. Les tons étaient rouge criard et noir. C'était apparemment un portrait. Toutefois, les traits du visage étaient distordus, les yeux évidés. L'angoisse, la mort, la peur transparaissaient à chaque touche. Une grande croix rouge barrait la toile. Malgré ces traits triturés, maladroits, Christian Fulbert reconnut Eric Gold, la première victime.

Il en retrouva six autres.

Deux jours plus tard, le 18 juin.

Michael Inguz se concentrait sur le plan de la maison que lui avait fait parvenir son client, un riche marchand de biens.

Ses revenus lui auraient permis de vivre dans un autre cadre que cette banlieue ; mais c'est ici qu'il avait passé une grande partie de son enfance et toute sa tumultueuse jeunesse et il ne se voyait pas abandonner son quartier. Pour lui, ç'eut été une trahison !

Son métier de conseiller Feng Shui le passionnait. Toutefois, il regrettait l'adrénaline qu'il ressentait lors des missions qu'il exécutait autrefois en tant que qu'officier des commandos de marine. C'est pour cela, qu'il y a quatre ans, il avait accepté de seconder Raphaël dans ses enquêtes.

La plus éprouvante moralement et physiquement ayant été celle accomplie sur l'île de la Réunion en 1999. Mais cela faisait partie des risques du métier.

On frappa à la porte du bureau. Elle s'ouvrit.

Tom tenait dans sa main une feuille à dessin. Il la tendit à son père :

– C'est la personne que vous recherchez.

Michael crut avoir mal entendu.

– Pardon ?

– Je te dis : c'est la personne que vous recherchez.

Le détective regarda le portrait. Il représentait une femme, la quarantaine, cheveux courts, blonds, coiffés en arrière ; une femme aux traits durs, très masculins.

Elle semblait vêtue d'un sweet.

– Cela fait quatre jours qu'elle me parle et aujourd'hui, elle a accepté que je la dessine car elle est très fatiguée, lasse de courir, de fuir tout le temps.

– Que te dit-elle d'autre ?

– Qu'elle aussi, elle a eu un petit garçon il y a très longtemps… et qu'il lui parle encore parfois… qu'il est parti à cause de son papa, un vilain monsieur, qui n'aimait pas sa maman. Elle me dit qu'elle est chargée de « nettoyer » les gens méchants pour qu'ils puissent rencontrer Dieu.

Un silence s'installa.

– C'est tout ? demanda Michael.

Le garçonnet fronça les sourcils.

– Non. Elle dit aussi que nous descendons tous des étoiles et qu'elle vient d'une planète… J'ai oublié son nom. Un nom en « on ».

– Pluton ?

– Oui. Comment as-tu fait pour deviner ?

– Une intuition. Eh bien, tu nous as sacrément aidés. Un vrai détective en herbe ! dit-il en lui passant la main dans les cheveux…

– Dis papa… Elle a fait quelque chose de mal, cette dame ? Tu vas la mettre en prison ?

– Non… Nous l'arrêterons et la confierons à des médecins qui prendront bien soin d'elle, jusqu'à la fin de sa vie.

L'enfant parut rassuré.

– Je préfère. Tu sais, elle est toujours triste et pleure tout le temps quand elle parle de son fils Hubert.

L'enfant, porteur de ce fardeau qui ne lui appartenait pas, fut soulagé d'avoir pu se confier. Il regagna sa chambre confiant.

Son père décrocha son téléphone et composa un numéro.

Chapitre 11

Le hors bord filait à vive allure sur le Rhône, salué par des spectateurs qui déambulaient sur les berges par ce bel après-midi de juin. Raphaël tenait le gouvernail d'une main ; de l'autre il actionnait l'accélérateur.

Morgane, en short et débardeur, happait les premiers rayons calorifiques de la saison. Des gerbes d'eau venaient parfois s'écraser sur l'embarcation.

Elle sentit son portable vibrer dans sa poche. Elle fit signe à Raphaël de stopper les moteurs et enclencha le mode écoute.

Raphaël tendit l'oreille pour essayer de comprendre de quoi il en retournait.

– Tom… Un portrait de la meurtrière ? – Oui, en contact télépathique ? – Joindre le commissaire Richard – Oui – Le diffuser largement dans la presse – C'est une bonne idée – J'en parle à Raphaël et je te rappelle.

Elle se tourna vers son ami.

– On a le portrait robot de la criminelle. Son temps est compté !

Le bouchon flottait tranquillement, seulement perturbé par les vaguelettes des poissons bondissants hors de l'eau qui happaient quelques moucherons téméraires. Les habitants des eaux se riaient du pêcheur prétentieux qui pense déjà à son repas de midi.

Le soleil se mirait dans la transparence de l'eau en pensant qu'il lui était de plus en plus facile aujourd'hui d'assécher des régions entières. Les hommes lui donnaient le mauvais rôle alors que cette responsabilité leur incombait.

Le commissaire Richard entendit des craquements de branches dans son dos. Il se retourna et reconnut le trio d'enquêteurs, tout sourire, qui s'avançait vers lui.

– Comment m'avez-vous trouvé ?

– Votre voisin nous a mis au courant de vos habitudes, répondit Raphaël.

– Rentrons chez moi, nous y serons plus à l'aise. De toute façon, c'était une journée « sans », dit-il en montrant sa nasse vide.

Le commissaire en vacance fut rapidement mis au courant du dessin de l'enfant. Ils décidèrent que l'information était trop importante pour la garder pour eux et agir seuls. Ils décidèrent d'en aviser les autorités compétentes.

Le même jour, 14 heures.

René Bonaventure, seul dans un bureau du commissariat, triturait avec nervosité sa casquette de conducteur de bus. La veille, les policiers lui avaient fixé un rendez-vous, sans préciser l'objet de la convocation.

René avait interrogé Maxime, son fils cadet, qui

autrefois avait commis quelques bêtises, mais celui-ci avait juré ses grands Dieux qu'il n'y était pour rien. Malgré cela, il ne se sentait mal à l'aise : plusieurs fois par le passé, il lui avait menti.

La porte s'ouvrit brusquement. Deux hommes jeunes entrèrent. L'un brun, mince, d'une trentaine d'années, avec de petites lunettes de vue rondes, avait l'air plutôt sympathique.

L'autre plus petit, carré, musclé, blond frisé, mâchoire inférieure en avant, petits yeux bleu enfoncés, un peu plus jeune, semblait prêt à bondir pour mordre quelqu'un.

Il se présenta :

– Commissaire Kieffin. Et voici mon adjoint l'inspecteur Fulbert.

Le chauffeur ne les laissa pas parler et entama un discours soigneusement préparé. Il y mit l'intonation nécessaire pour apitoyer son auditoire.

– Je voulais vous dire pour Maxime… Ce n'est pas un mauvais garçon. Il a vingt-cinq ans et il ne trouve pas de boulot fixe… Vous comprenez, sa passion, c'est la musique… Il a un peu le sang chaud… Mais s'il a cassé quelque chose, je règlerai la note… Il n'a pas agressé quelqu'un, tout de même !

– Mais de quoi parlez-vous ? gronda Kieffin en le stoppant net dans sa litanie.

– Mais… de mon fils Maxime !

– Vous n'y êtes pas du tout… Je voudrais vous entendre à propos d'un signalement rapporté à votre employeur. Une rencontre qui s'est produite le…

Kieffin consulta les documents déposés en vrac sur son bureau.

… qui s'est produite le premier mars à 5 heures 25 du matin, à l'arrêt n° 6.

Le chauffeur de bus resta bouche bée. Il était persuadé que cette convocation concernait le comportement de son enfant. D'un seul coup, la tension accumulée au niveau de ses épaules s'envola.

René gratta sa chevelure crépue en signe de réflexion.

– L'arrêt n° 6, c'est l'arrêt de l'hôpital psychiatrique. Vous savez, il y a souvent des incidents à cette station. Le premier mars ? C'est que ça remonte pas à aujourd'hui !

– Vous avez parlé de propos incohérents, et surtout d'un regard…

– Ah oui, ce regard ! J'y suis, maintenant ! Je m'en souviendrai toute ma vie. Des yeux d'halluciné ! Comme quelqu'un qui prend une drogue, sauf que c'était pas le cas !

– Comment pouvez-vous en être sûr ? interrogea Fulbert.

– Parce que j'ai l'habitude de ce genre de « clientèle », et là, je suis sûr qu'elle ne se droguait pas !

– Elle ? C'était une femme, alors ! demanda Kieffin.

– Malgré son sweet à large capuche, j'en suis sûr à 80 %.

– Vous souvenez-vous de ses propos ?

– Non. Elle était visiblement « dérangée ». C'était des propos assez apocalyptiques, ou mystiques, je crois…

– Le rapport souligne que vous l'avez déposée à l'arrêt « station Berthelot ». A quel niveau se situe-t-il ?

– Au début de la rue. En face du 11.

– Merci, ça sera tout.

Le chauffeur de bus prit congé des policiers dans un grand soulagement. Fulbert et Kieffin s'installèrent pour faire le point sur ce témoignage capital, quand on frappa à la porte.

Le commissaire, contrarié par cette interruption intempestive, lança comme une menace :

– Entrez !

Richard, accompagné des trois « privés » s'exécuta. Kieffin blêmit, et sur un ton dédaigneux demanda :

– Je vous croyais en congé. Qui sont ces personnes… étrangères au service ?

Présentations furent faites. Kieffin, imbu de sa personne, sûr de lui, ne laissa pas le temps aux nouveaux arrivants d'expliquer l'objet de leur visite. Il mit tout de suite au courant son prédécesseur des progrès considérables de l'enquête depuis que celui-ci était parti ! Il oublia de préciser que le mérite en revenait en grande partie à son subalterne, l'inspecteur Fulbert.

Il termina son exposé en affirmant qu'il s'apprêtait à passer le dossier au service de l'identité judiciaire pour connaître enfin le visage de la tueuse en série.

C'est à ce moment que Richard, ayant calmement et attentivement écouté son successeur, déclara :

– Ne vous donnez pas cette peine, je l'ai déjà.

En observant le visage de Kieffin, Richard comprit qu'il avait réussi son petit effet ! Désormais il faudrait compter sur lui pour la suite de l'enquête, et il ne travaillerait pas sans l'aide de ses trois amis.

Le même jour, 25 juin 2005, à la même heure, banlieue de la Duchère, Lyon 9ème arrondissement.

« Fakir », assis sur le capot de sa grosse berline, tirait nerveusement sur sa cigarette. Son costume trois pièces taillé impeccablement laissaient paraître par moment quelques boursouflures, laissant présager le port d'une ou plusieurs armes. Il attendait « Gerou », son bras droit dans ce quartier. Mais il était en retard.

On l'appelait ainsi en raison de sa couleur de cheveux poil de carotte.

Lui, c'était « Fakir », à cause du nombre de coups de couteaux qui l'avaient transpercé de part en part dans sa prime jeunesse et auxquels il avait toujours survécu. Sa réputation de survivant l'avait poursuivi.

La rumeur s'était amplifiée au fil des années, les faits avaient été déformés. Certains, dans les tours d'immeuble, pensaient qu'il n'était pas humain et qu'en tant que tel, il ne mourrait jamais.

Il s'était bien gardé de démentir cette superstition qui arrangeait ses affaires. Il était craint et respecté ; c'était ce qu'il voulait.

Mais il n'avait pas toujours été un mauvais garçon. Issu d'une famille de onze enfants, cela n'avait pas été toujours facile de travailler à l'école. Son père ouvrier spécialisé, s'était retrouvé au chômage à quarante-cinq ans. Il ne retrouva jamais plus de travail et passa ses journées devant la télévision, en regrettant son pays qu'il avait laissé, là-bas, de l'autre côté de la Méditerranée.

C'est dans cette ambiance que le jeune Fakir apprit à grandir. Le plus souvent, il préférait jouer au foot avec les copains que de perdre son temps sur les bancs du collège. Il comprit que dans la dure loi de la cité, il faut rendre des coups reçus en double.

A dix-sept ans, après des études très brèves, il se retrouva sur le marché de l'emploi. Au début, plein de bonnes résolutions, il se lança dans l'aventure. Mais les emplois était rares, l'intégration difficile, le racisme quelquefois présent… Il eut quand même la chance d'effectuer certaines activités d'intérim, des CDD, mais rien de fixe…

C'est à cette période, vers vingt ans, qu'il se posa de sérieuses questions sur son avenir. Il se souvient même aujourd'hui qu'il était allé consulter une voyante qui venait de s'installer à Lyon, et qui organisait des séances à petits prix pour se faire connaître.

Quand il y repensait maintenant, cela le faisait bien rire. Inutile de dire qu'il s'était empressé de ne pas suivre ses conseils moralisateurs. Il avait commencé à dealer du cannabis, car il pouvait se faire de l'argent, beaucoup d'argent avec un minimum de risques.

Maintenant, à trente-cinq ans, il était considéré comme un caïd dans le quartier où il avait grandi. Il avait effectué plusieurs longs séjours en prison.

Les keufs l'avait classé dans la catégorie « grand banditisme » et étiqueté comme dangereux. Les gamins courraient derrière sa grosse berline allemande dès qu'ils la voyaient poindre son nez dans la montée, juste en début de quartier. Il y venait pour prendre la recette du seul café du quartier, mais c'était surtout pour y retrouver Samira, qui en assurait la gérance en son absence. Elle savait si bien cuisiner et rendre un homme heureux.

Mais ils avaient décidé tous deux de quitter la banlieue et de s'établir dans le Midi. Fakir voulait racheter un immense complexe de nuit. Une boîte, avec sept salles aux différents styles de danse, des spectacles avec strip-tease pour hommes d'affaires, une piscine… La grande classe, quoi !!!!!

Mais pour cela, il fallait de l'argent. Beaucoup

d'argent ! Et cela tombait bien, parce que « Gerou » lui proposait une affaire où il pouvait se faire un maximum d'oseille. Seulement, il ne la sentait pas trop, cette transaction. Personne dans le milieu ne connaissait cette soi-disant « Cathy » qui venait de Suisse pour une grosse commande de coke.

Quand le Gerou lui avait demandé comment elle avait eu ses coordonnées, elle était restée assez vague, en précisant que c'était l'ami d'un ami. La seule chose dont Gerou était certain, c'est qu'il ne s'agissait pas d'une keuf. Son contact dans la police avait été formel.

Malgré cette assurance, Fakir sentait l'embrouille.

D'un autre côté, il avait vraiment besoin de ce fric ! En plus, elle avait précisé qu'elle devait quitter le territoire français dans les vingt-quatre heures. Le temps de la transaction était donc compté.

Pressé, Fakir avait tout de même donné son accord. L'échange devait avoir lieu dans une heure. Toutefois, il était décidé à prendre un maximum de précautions.

Bien sûr, il lui avait demandé de venir seule et sans arme. L'échange se ferait sur son territoire.

Pour finir il avait décidé de mettre le Gerou en embuscade, armé, prêt à intervenir. Ce ne sera pas une gonzesse, en plus toute seule, qui pourra « embrouiller » Fakir. Le grand Fakir ! D'ailleurs, il avait décidé de lui jouer un petit tour à sa façon. Il comptait récupérer l'argent et garder la « sniff ».

Chapitre 12

Fakir aperçut Gerou qui arrivait en roulant des mécaniques.

– T'es en retard ! Tu sais que j'aime pas ça. Qu'es-ce que tu branlais ?

– Quelques petites affaires à régler.

Fakir l'empoigna violemment au cou de la main gauche et, de la droite lui colla un pistolet sous la mâchoire. Il lui aboya au visage.

– Quand Fakir te donnes la chance, petite merde, de jouer dans la cour des grands avec lui, tu laisses tomber le reste et tu es à l'heure ! Tu as pigé, connard ! Tu as pigé ?

– Oui !

– Oui, qui ?

– Oui, Monsieur Fakir ! souffla le rouquin dont la peau laiteuse s'était empourprée sous l'effet de la suffocation.

Le trafiquant se calma et desserra son étreinte.

– Rentre dans la caisse ! lui lança-t-il.

Une fois assis, s'étant calmé, il lui demanda :

– Qui as-tu pris avec toi pour la planque ?

– Youssouf et Nacer.

– Très bien. Elle doit arriver dans à peu près cinquante

minutes. Toi, tu t'installes en couverture là-bas, juste derrière le mur du local à poubelles. Nasser, derrière le sapin près de l'entrée de la place. Youssouf se cachera derrière l'épave à deux cent mètres. Dès que j'aurai vérifié que l'oseille est bien là, vous faites feu.

Gerou descendit de la voiture, rejoignit ses deux acolytes pour leur faire part des dernières consignes. Ils se séparèrent pour rejoindre leurs caches.

L'attente parut interminable à Fakir. Plusieurs fois, il regarda si son arme était bien dans sa poche. Il s'assura que ses seconds étaient bien installés. D'où ils étaient placés, leurs tirs convergeraient inévitablement à l'emplacement où se trouvait leur chef. Elle ne pouvait leur échapper.

Fakir entamait déjà sa cinquième clope quand il entendit le bruit d'un moteur. Une petite voiture japonaise, fiable et puissante, entra sur la place. Elle s'arrêta à quelques mètres du trafiquant.

Une personne en descendit. D'après ce que pouvait en juger Fakir, c'était une blonde très athlétique, même masculine, qui avait dans le regard quelque chose de proche, de très proche des abysses de l'enfer.

Fakir ressentit une angoisse profonde. A cet instant précis, il sut qu'il avait fait une erreur.

Lui qui avait volé, violé, tué, ressentit la peur pour la première fois de sa vie. Ses yeux d'un bleu métallique le glacèrent. Point d'expression, point d'humanité… juste un vide astral. Sa propre âme était ténébreuse, mais la personne qu'il avait en face de lui en était dépourvue !

Il ne pourrait jamais la tuer, puisqu'elle était morte depuis longtemps. Elle était sur terre, revenue de l'enfer que pour expier.

Un frisson lui parcourut l'échine. Sa main moite glissa dans la poche de sa veste pour ressentir le contact froid du calibre. Cela le rassura un peu.

Il s'assura que ses hommes étaient prêt à tirer. Elle ne résisterait pas à un tir nourri, d'autant plus qu'à première vue, elle n'était pas armée.

– Vous avez le blé ? demanda-t-il.

– Vous avez la poudre ? répondit-elle.

– D'abord l'oseille !!!

Un long silence s'installa. Ils se jugèrent, se jaugèrent, essayant de déceler une faille en l'autre. De longues minutes s'écoulèrent. Astrid avança jusqu'à mi-parcours et posa un attaché-case à terre.

– Ouvrez-la, lança Fakir.

Elle s'exécuta, et recula. Un bon observateur se serait aperçu qu'elle n'était pas revenue à son point de départ. Mais Fakir, trop avide, oublia quelques peu les mesures de précautions élémentaires.

Il s'approcha, s'agenouilla pour palper les billets. A ce moment précis, il sentit que la jeune femme se rapprochait. Il dégaina son arme, mais ne put aller plus loin. Une énorme douleur lui vrilla l'épaule. Une mini boule de laiton s'était fichée dans sa chair. Il saigna abondamment.

Astrid était déjà sur lui et lui jeta son pied droit en pleine figure.

Fakir tomba à la renverse. Elle claqua le battant de la valise, l'attrapa et s'enfuit avec, en direction de la voiture. C'est à ce moment que retentit un feu de mitraille. Accroupie, la jeune femme réussit à atteindre son véhicule. Elle se redressa pour ouvrir la portière.

Une balle venue de derrière l'atteignit à l'épaule droite. Malgré cela, elle se glissa à l'intérieur, mis le contact et démarra, à demi-couchée.

Les vitres du véhicule éclatèrent. La carrosserie, grêlée de toute part, le réservoir percé, elle fonça à vive allure. Kader se mit en travers de son chemin, bloquant l'accès de la place en vidant son chargeur. Astrid n'en n'eut cure et lui fonça dessus. Il eut juste le temps de se jeter dans la pelouse pour l'éviter.

Fakir se releva péniblement et harangua ses hommes.

– Arrêtez-la, arrêtez-la. Je la veux vivante, cette salope ! Je la tuerai moi-même. Je la veux, elle et le fric.

Ce qu'il ne comprenait pas, c'est pourquoi elle n'avait pas aussi emmené la came, qu'elle avait à portée de main, un peu plus loin. Assurément cette cliente était bien mystérieuse.

Elle n'avait pas le comportement de quelqu'un du milieu. Qui était-elle ? Que voulait-elle ?

Ses trois sbires s'engouffrèrent dans sa voiture et démarrèrent en trombe.

Il examina sa blessure. Le sang coulait à gros bouillons. Il essaya d'extirper l'arme de son épaule, mais rien n'y fit. Elle était trop profondément enfoncée. Il n'avait jamais rien vu de similaire en quinze ans de banditisme…

Il décida d'aller consulter un « médecin » de son quartier, pas trop curieux sur l'origine de sa blessure, avec qui il avait fait des affaires autrefois. C'est même lui qui lui avait trouvé son surnom de Fakir. Il espérait que ses gardes du corps lui ramèneraient la petite blondasse ce soir.

Il lui préparerait une belle réception. Mais avant de s'en débarrasser, il aimerait savoir qui elle était, et ce qu'elle cherchait.

Si ce n'était pas une keuf, que voulait-elle ? Et si c'était Tchang qui lui avait envoyée pour récupérer le secteur de la dope ? Non, ce n'était pas la marque des Chinois !

Et si le Gerou avait monté ce scénario de toutes pièces pour prendre sa place ? Non… Il avait trop peur de lui, et trop d'intérêts financiers dans cette transaction. Alors qui ?

Il en saurait plus bientôt, il en était sûr.

La petite voiture japonaise filait à vive allure, en dévalant la rue Marietton. Plusieurs fois, Astrid se sentit défaillir sous l'emprise de la douleur.

Elle se raccrocha au volant, se mordit la lèvre inférieure jusqu'au sang pour ne pas s'évanouir. Elle regarda dans son rétroviseur ; une grosse berline allemande la suivait. Elle n'en jurerait pas mais il lui semblait que c'était celle qu'elle avait aperçue tout à l'heure sur le parking.

Elle grilla le feu. L'autre fit de même et se rapprocha dangereusement. Elle écrasa la pédale de l'accélérateur, mais se rendit vite compte que la puissance de son véhicule n'était pas à la hauteur. Ses poursuivants avaient renoncé à l'usage de leurs armes, du moins provisoirement.

Etait ce parce qu'ils n'étaient plus sur leur territoire et que la foule était plus compacte ? Astrid ne le pensait pas. Elle savait que rien n'arrête ce genre de personnes.

La seule explication plausible : ils la voulaient vivante. Un frisson parcourut son échine.

Comme pour confirmer sa pensée, la BMW tenta une manœuvre de dépassement pour la bloquer contre le trottoir. Dans un sursaut désespéré, elle bloqua la pédale d'accélérateur à fond sur le plancher et louvoya pour s'en sortir.

Elle arrivait sur les quais de Saône et prit la direction

du centre-ville. Elle zigzagua sur les trois files, passant d'un extrême à l'autre. Les automobilistes, médusés, vociféraient, klaxonnaient, freinaient brutalement pour les éviter. Un grand capharnaüm s'installait.

Malheureusement, rien ne décourageait les poursuivants. Ils se rapprochèrent du pare-choc arrière de leur proie et procédèrent à la destruction totale du véhicule en la percutant pour l'obliger à stopper.

Chaque coup de boutoir menaçait d'envoyer Astrid dans le décor. Heureusement, elle arrivait en vue de la place des Terreaux.

Curieux coup du destin, c'est à cet endroit qu'elle avait commis son premier meurtre…

Elle ne regrettait rien, ils le méritaient tous. Si c'était à refaire, elle recommencerait. Elle sentait que malheureusement sa « mission » arrivait à sa fin. Elle enrageait de ne pouvoir atteindre son but ultime : accomplir le transit de Pluton le long des douze maisons…

Il lui restait trois « clients » à visiter.

Son erreur avait été de sous-estimer son adversaire. Tant qu'il s'agissait d'escrocs, de dépravés, ça n'avait pas été trop difficile !! Mais là, elle avait affaire à la pègre ; ce n'était pas la même chose.

Ce mandat divin pourrait bien s'avérer être le dernier, si elle ne trouvait pas rapidement une solution. Mais elle avait confiance ; Dieu lui avait confié cette responsabilité, elle ne pouvait échouer si près de la fin.

Il ne pouvait pas l'abandonner. D'ailleurs, dans tous les moments difficiles de sa vie, ses anges lui avaient envoyé de l'aide. Rien ni personne ne pouvait l'arrêter ; ni la justice humaine, ni les balles des truands. Elle ne pouvait pas mourir, puisqu'elle était déjà morte ! Décédée le jour où son fils avait péri, onze ans plus tôt. Que pourrait bien faire de simples balles, quand l'âme a déjà rejoint le territoire de l'éternel ?

Arrivés sur la place, ses traqueurs semblèrent hésiter. Continuer, c'était attirer l'attention sur eux.

Astrid redoutait que les feux soient rouges ; cela leur aurait permis de descendre et de venir l'extirper de force de sa voiture. Heureusement, Dieu soit loué, ils étaient tous au vert.

Elle regarda sa jauge d'essence. Elle se situait au niveau de la réserve. Son réservoir avait dû être touché lors de la fusillade.

Il fallait qu'elle trouve rapidement une solution. La meurtrière fila et déboucha sur les quais de Rhône et là, un éclair de génie la frappa. Décidemment, Dieu voulait qu'elle continue.

Ce qu'elle allait faire était risqué, mais il fallait qu'elle essaye. Elle arriva en vue d'un grand immeuble bourgeois. Sur une plaque de cuivre, on pouvait lire : Direction Régionale de la Police.

Elle stoppa, sortit et s'engouffra dans l'allée.

Elle vit « les chasseurs » s'immobiliser derrière l'épave, puis jaillir de leur berline, mais il était déjà trop tard.

Chapitre 13

Georges Martin, policier chargé d'orienter les plaignants, regarda la grosse pendule qui égrenait les minutes.

16 heures 30.

Plus qu'une demi-heure avant la relève. La journée avait été calme, et il espérait que cela continuerait. Mais bien souvent, par expérience, il savait que les affaires complexes se concentraient sur ce créneau horaire, parce que beaucoup finissaient leur journée de travail.

Comme toute main-courante commencée devait être achevée, il sortait très souvent en retard.

C'est à ce moment qu'il la vit, hagarde, blanche comme un linge, le regard halluciné, transpirante. Elle était plantée au milieu de la salle, scrutant ses arrières comme si une menace implacable la poursuivait.

Au bout d'un moment, elle s'approcha de l'accueil. Georges accrocha son plus beau sourire, face à cette femme qui semblait traquée.

– Madame, puis-je vous aider ?

– Pourrais-je parler au commissaire Richard et à l'expert, Monsieur Gébo ?

Georges savait, pour s'être fait rappeler à l'ordre plusieurs fois, qu'il ne fallait pas déranger son supérieur pour des futilités. Toutefois, une chose l'intriguait : comment connaissait-elle son nom, et à plus forte raison celui d'un expert, auxiliaire de la police ?

Décidemment, cette femme qui portait un blouson par ces chaleurs de juin était bien mystérieuse. Il lança un bouchon à l'eau pour voir si elle mordait.

– C'est personnel ?

– Dites-lui que j'ai des renseignements intéressants sur les meurtres en série de Lyon ; mais que je ne les communiquerai qu'à eux.

Le cœur du policier fit un bond. Des révélations sur l'affaire n° 1... Elle ne pouvait pas le dire plus tôt ! Il se rua sur le téléphone et composa un numéro. Astrid profita de ce que le planton ait le dos tourné pour regarder par la fenêtre.

La voiture était toujours là. Moteur allumé, ils attendaient sa sortie.

L'officier essaya trois fois. Il était pourtant sûr de l'avoir vu entrer dans son bureau ! Agacé, et devant l'urgence de sa mission, il décida d'aller à sa recherche. Il ne pouvait être loin.

– Vous ne bougez pas. J'en ai pour deux minutes !

Astrid le vit s'engouffrer à toute vitesse dans le couloir. La jeune femme jeta un autre coup d'œil dehors. Une certaine agitation semblait régner parmi ceux qui la pourchassaient, puis ils démarrèrent en trombe. Elle se dirigea vers la sortie et disparut.

Georges Martin aperçu son supérieur au fond du couloir, photocopiant un document. Il courut à sa rencontre.

– Chef, chef ! J'ai à l'accueil une femme qui désire faire des révélations inédites sur les assassinats en série.

Christian Richard le regarda abasourdi.

– Rassurez-moi Martin, il y a quelqu'un au guichet actuellement ?

Le subalterne comprit immédiatement l'énormité de la bourde qu'il venait de commettre. Il s'empourpra et bredouilla :

– Personne ne répondait au téléphone… C'était urgent… Rodriguez est en pause…

Il comprit dans les yeux de son interlocuteur que sa carrière prenait un autre virage. Ils se pressèrent pour rejoindre le point central, mais ils durent se rendre à l'évidence ; elle avait disparu !

Une tache sombre par terre intrigua le commissaire. Il se pencha pour l'examiner de plus près. C'était du sang !

– Martin, appelez le labo. J'ai une trace pour eux. Et trouvez-moi Rodriguez, qu'il fasse établir un périmètre autour de cet indice.

Alors qu'il s'apprêtait à chercher son collègue, Richard le rappela. Il lui montra le document qu'il avait sous le bras et qu'il photocopiait et demanda :

– Est-ce qu'elle ressemblait à cela ?

L'agent acquiesça.

– Eh bien mon petit, vous ne couperez pas au conseil de discipline !

Déconfit, Martin courut accomplir sa mission.

Richard fit le point rapidement. Ainsi, elle était venue

se livrer ? Mais pourquoi ? Où étaient passées sa superbe et son arrogance ? Apparemment, elle était blessée… Par qui ? Pourquoi ? Comment ? Toutes ces questions restaient sans réponse. Dire qu'elle était ici, à portée de main, et qu'elle s'était échappée. De toute façon, elle n'en avait plus pour longtemps car son portrait serait demain dans toute la presse.

Il s'apprêtait à rejoindre son bureau quand la jeune auxiliaire de police Magali Raselot vint à sa rencontre.

– Commissaire, commissaire ! Un appel nous informe qu'il y a eu une fusillade dans le quartier de la Duchère. D'après les descriptions d'un témoin, la personne sur qui on tirait pourrait correspondre au portrait de la serial killer.

Ainsi, les réponses à ses questions s'imposaient. Il sortit une carte de visite de sa veste.

– Joignez immédiatement Raphaël Gébo, donnez-lui les coordonnées de l'altercation. Dites-lui de m'y rejoindre, et répétez-lui ceci mot pour mot : cela s'est passé dans le neuvième arrondissement et non le huitième. Il comprendra. Vous avez saisi ?

La policière acquiesça.

– Bien. De mon côté, je me rends sur place avec Kieffin.

« Ah ! Autre chose… Seriez-vous intéressée par une place au guichet, avec la prime afférente à la fonction, évidemment ?

La jeune femme rougit et bredouilla

– Je ne sais pas si… si je le mérite… Mais ce serait avec joie !

– Je suis sûr que vous en êtes capable !

Il la regarda fixement…

– Je suis sûr que l'on va bien s'entendre, tous les deux ! Allez ! Faites ce que je vous ai demandé…

Il regarda la jeune policière s'éloigner en s'intéressant plus particulièrement à la partie charnue de son anatomie.

« Il faudra que je m'occupe de cette petite », pensa-t-il.

Depuis qu'Hélène avait été assassinée, sa libido était en berne. Heureusement qu'elle ne le connaissait que sous le nom de Robert Mansson, exerçant la profession d'agent immobilier. Elle n'avait jamais eu ses coordonnées, pas même un portable et surtout aucune photo. Du moins le pensait-il !

Raphaël Gebo avait raccroché, perplexe. Sa belle théorie d'assassinats méthodiques basés sur un transit plutonien courant le long des arrondissements de Lyon s'écroulait.

Mais bon sang, pourquoi n'avait-elle pas frappé dans le huitième ?

Il regarda le plan de la ville affiché, en essayant de comprendre. Il relia les punaises marquants les endroits des meurtres, calcula les distances, observa le graphisme qu'il en découlait, mais rien ne transparaissait. La solution devait être plus simple, astrologique peut être.

D'un seul coup, il comprit ! Pluton n'avait pas agi dans le huitième parce qu'il y était chez lui ! La huitième maison étant par analogie celle du Scorpion, ayant comme premier maître Pluton, celui-ci règne en pleine harmonie, il est chez lui !

Pour peu que…

Raphaël se rua dans un tiroir de son bureau, en tira un bristol… Mais oui ! Tout se tenait : c'était là que se trouvaient ses bureaux !

Ainsi donc, elle avait frappé là où on ne l'attendait pas.

Raphaël regarda fébrilement sa montre. Il avait une demi-heure pour rejoindre ses deux amis et les policiers sur les lieux de la fusillade. Il prit sa veste, claqua la porte et courut jusqu'à sa voiture.

Youssouf était content de lui. Il avait bien respecté les consignes de Fakir. Il l'avait suivie sans se faire repérer. Ayant vu la voiture démarrer, elle ne pouvait se douter qu'il était resté sur place.

Il était déjà prêt à en finir avec elle, mais son chef lui avait donné l'ordre d'attendre. Le fait qu'elle soit rentrée au commissariat, même si elle était ressortie rapidement, incitait Fakir à la prudence. Il ne voulait courir aucun risque car il ne savait pas quel deal elle pouvait avoir passé avec « eux ».

Elle s'était d'abord dirigée rue de la République, était rentrée dans un immeuble cossu. Plusieurs plaques en cuivre indiquaient la présence d'avocats, dentistes et médecins généralistes.

Le banlieusard pensa qu'elle connaissait certainement un des praticiens et qu'elle était entrée pour recevoir quelques soins de première urgence. Une heure et demie plus tard, elle ressortit de l'immeuble et s'engouffra dans un taxi. Promptement, il fit de même.

Elle l'emmena jusqu'à un petit hôtel borgne du premier arrondissement, rendez-vous des prostituées et des trafics en tout genre.

Il était déjà vingt et une heure. Il prit son portable pour demander les dernières consignes. Fakir lui donna l'ordre d'attendre son arrivée. Ils allaient passer tous les quatre une nuit de veille dans la voiture.

Astrid s'écroula sur son lit. Sa blessure lui faisait horriblement mal. Le médecin qui l'avait soigné était un ancien ami de faculté qui avait quitté le droit pour faire médecine. Cela avait été le premier amour, platonique, d'Astrid. Mais elle avait dû déchanter, quand celui-ci lui avoua, un soir d'ivresse, qu'il était homosexuel. Malgré cela, ils étaient toujours restés en contact durant son mariage. La jeune femme savait qu'il avait ouvert un cabinet. Elle se demanda seulement si onze ans après, l'adresse était toujours bonne. Coup de chance !!!

Heureusement, la balle était ressortie. Mais la blessure était large et pas belle à voir. Son ami ne lui avait pas posé de question mais lui avait conseillé de se faire hospitaliser. Astrid n'avait guère de temps devant elle. La police devait maintenant connaître son identité et les malfrats ne lâcheraient certainement pas l'affaire.

Heureusement, elle avait un atout : de l'argent. L'héritage de son cochon de mari. Et une arme. Son ami médecin n'avait qu'une seule passion, le tir ! Il avait accepté de se défausser de l'une d'entre elle par amour. Car même après toutes ses années, il l'aimait encore.

Demain, direction la Suisse, à deux heures de Lyon par l'autoroute. Elle savait que depuis la création de l'espace Européen, les contrôles douaniers étaient simplifiés. Elle connaissait des amis à Ferney-Voltaire, à deux pas de la frontière.

Mais cette fuite forcée ne l'enchantait guère. Elle ne terminerait pas sa mission divine… Mais elle se promettait de revenir quand les choses se seraient calmées… Il lui restait trois exorcismes à exécuter.

Elle ne mourrait pas avant de l'avoir fait. D'ailleurs,

elle avait embarqué les trois dossiers lors de son déménagement. Mais ce qu'elle regrettait le plus, c'est de n'avoir pas pu damer le pion au grand Raphaël Gébo et ses deux associés. Elle aurait bien voulu les affronter dans un face à face où c'est elle qui tirerait les ficelles.

Mais les événements en avaient décidé autrement. Un jour, elle prendrait sa revanche, elle en était sûre.

Elle décida de se coucher, car la journée du lendemain risquait d'être dure.

Chapitre 14

Le lendemain matin, 3 juillet 2005, 5 heures 15.

Astrid sortit de sa douche et s'habilla. Sa blessure à l'épaule gauche la rappela à l'ordre. Elle examina son pansement : une tache rouge apparaissait sous les bandages. Durant la nuit, sa plaie s'était rouverte.

Machinalement, elle alluma le récepteur de télévision et commença à rassembler ses affaires. Elle se retourna et regarda l'écran. Ce qu'elle vit la pétrifia. Son portrait apparaissait ; en bas, un bandeau défilait avec son identité, précisant qu'elle était dangereuse et recherchée par la police.

Ses plans de fuites se compliquaient sérieusement...

Elle réfléchit rapidement à une hypothétique solution. Elle tourna et retourna dans sa chambrette.

Dieu ne pouvait pas l'abandonner ! Il avait armé son bras, il la sortirait de là. D'un seul coup, les brouillards de l'incertitude se déchirèrent pour laisser place à la lumière. Elle s'installa sur son lit et se concentra sur Ajna, plus connu sous l'appellation de sixième chakra ou plus communément encore, le « troisième œil ».

Elle espérait seulement qu'il serait disponible…

Pendant ce temps, le soleil se levait, laissant présager une belle journée dans la capitale des Gaules.

Dans la voiture garée juste devant l'entrée de l'hôtel, on se réveillait. Fakir et ses hommes s'apprêtaient à entamer une deuxième journée de filature.

Kader alluma une blonde et aspira goulûment la fumée pour l'expirer avec force dans l'habitacle.

Youssouf fulmina :

– Tu fais chier avec ta clope du matin. Ouvre au moins ta fenêtre.

Celui-ci s'exécuta, non sans jeter un regard meurtrier sur son interlocuteur.

Fakir les rappela à l'ordre en leur demandant de se calmer. Le Gerou fut réveillé par l'altercation. L'appui tête de la voiture avait marqué son visage pendant son sommeil, ce qui provoqua l'hilarité générale. En réponse, il grommela et se renfrogna.

Pour détendre l'atmosphère Kader demanda :

– Dis, le Gerou… Depuis le temps qu'on travaille ensemble, tu nous as jamais dit ton vrai nom. C'est quoi ?

Il hésita et se décida.

– Benoit Lièvre.

A l'énoncé de son identité, un fou rire général retentit.

Piqué au vif, il sortit du véhicule en claquant la porte. Il arpenta la rue en maugréant. Il arriva en vue d'un kiosque à journaux situé au carrefour de trois rues. Machinalement, il jeta un coup un coup d'œil sur la une de « L'Avenir » et là, il la vit ! En première page de tous les journaux ! Il arracha prestement un exemplaire et jeta négligemment une pièce au commerçant médusé par ce sans gène. Il parcourut rapidement le titre qui annonçait : « La tueuse en série enfin identifiée » et commença la lecture tout en marchant. Arrivé vers ses compagnons, il jeta le journal à Fakir et lui lança :

– Devine qui nous poursuivons ! C'est la criminelle que tout le monde recherche !

Fakir se précipita pour lire, parcourut rapidement l'article qui retraçait la vie d'Astrid et ses motivations. Ainsi, cela n'avait rien à voir avec un quelconque rival. C'était l'œuvre d'une illuminée ! Folle ou pas, elle ne savait pas à qui elle s'était attaqué ! Elle n'en avait plus pour longtemps.

Si son portrait s'affichait partout, c'est que la police comptait l'appréhender par ce moyen. Elle n'avait sans doute pas eu le temps de faire des confidences à la police. Seulement, il fallait agir vite et discrètement, car les flics devaient être proches.

C'est à ce moment qu'il vit Astrid sortir de l'hôtel. Les quatre hommes se couchèrent dans la voiture.

Il était 5 heures 45. La traque commençait.

Astrid était angoissée. Elle jugea qu'il était trop dangereux de prendre un taxi et se dirigea vers les quais du Rhône. Là, elle se posta à l'arrêt 58. Elle n'eut pas longtemps à attendre. Quinze minutes plus tard, un bus qui indiquait la destination de Rillieux s'arrêta. Elle mit sa capuche de sweat, agrippa sa valise et s'engouffra dans l'autobus. Elle ne vit pas la grosse berline qui lui emboîtait le pas.

Une heure après, elle descendit dans la ZUP de Rillieux la Pape, quartier des Allagniers. Elle s'assit sur un banc, près des jeux pour enfants, juste en face du 27 avenue de l'Europe.

A 7 heures 15, elle vit un homme au crâne rasé et petit bouc blond, muni un attaché-case, courir et s'engouffrer dans sa voiture. Une demi-heure plus tard, une jeune femme noire, accompagnée d'un petit garçon blond de dix ans sortait de l'immeuble.

Astrid bondit de son banc, marcha à vive allure pour combler la distance qui la séparait de sa cible. Elle leur emboîta le pas. Ils ne se méfiaient pas.

Astrid vit la jeune femme se pencher, pour ouvrir la portière de son véhicule.

L'arme dissimulée sous son sweat, elle pointa le canon entre ses reins et lança :

– Faites ce que je vous dis, et il ne vous arrivera rien.

La petite berline démarra, suivie par son cortège qu'on aurait pu qualifier de mortuaire. Une heure trente après, ils traversèrent la ville de Tarare pour quitter la départementale et s'engouffrer dans un chemin où un petit panneau en fer rouillé indiquait le lieu dit « les Forges ».

Ils stoppèrent à l'entrée d'une forêt et s'engagèrent à pied dans son antre. Depuis leur départ un long silence s'était installé. Fatoumata serrait fort la main de l'enfant pour le rassurer. Mais bizarrement, il ne semblait pas si inquiet qu'il aurait dû l'être.

Fatou essaya d'engager le dialogue :

– Si c'est de l'argent que vous voulez, on n'en a pas !!

– Pourquoi je voudrais de l'argent ? J'en ai autant que je veux !

– Qu'est-ce que vous voulez, alors ? Prenez-moi, mais laissez Tom tranquille !

– Au contraire, c'est lui que je veux ! Vous, vous n'étiez pas prévue ! Maintenant, vous vous taisez ; sinon, je vous loge une balle dans la tête !

Ils arrivèrent en vue d'une bâtisse délabrée, logée au fond d'une clairière. Visiblement, il s'agissait d'une ancienne usine, désaffectée depuis de nombreuses années. Astrid poussa la lourde porte vermoulue. Seule, Fatou aurait tenté de la désarmer, mais la présence de Tom l'obligeait à rester prudente.

Ils débouchèrent au rez-de-chaussée. Quelque chose d'incongru attira l'œil de Fatoumata. Les machines, loin d'être défectueuses, semblaient avoir été remises en état récemment. Elle aperçut le moule qui recueillait le liquide en fusion. Sa forme était une sphère d'où partaient deux stylets en forme de V. Ils gravirent un escalier en bois vermoulu et débouchèrent au premier étage sur ce qui devaient être d'anciens bureaux. A travers les vitres cassées, on pouvait apercevoir de vieux planning non décrochés. Dans le couloir, une ancienne pointeuse trônait.

Astrid les poussa violemment à l'intérieur de l'une des pièces.

– Vous vous installerez dans celui-ci. Ce fut un lieu de la débauche et de fornication. Mais, dit-elle en déshabillant Fatoumata du regard, avec le corps que vous avez, ça doit y aller, les mâles en chaleur ! D'ailleurs, vous avez la tête d'une partouzeuse !

A cet instant, Fatou comprit qu'elle avait véritablement à faire à une folle.

– Et ne vous avisez pas de vous enfuir, je dors dans le couloir !

Elle tourna les talons et claqua la porte. Ils entendirent le bruit d'une clé dans la serrure. Ils étaient pris au piège.

Astrid consulta sa montre. Demain à la même heure,

elle téléphonerait au commissariat pour donner l'ordre à toutes les forces de police de lui laisser une liberté totale de mouvement, sinon elle abattrait les otages. Elle en profiterait pour franchir la frontière. Mais pour l'instant, il fallait les laisser mijoter dans leur jus.

Avec l'argent qu'elle possédait, elle pourrait se refaire facilement une nouvelle vie.

Fakir jugea prudent de s'arrêter à la bifurcation de la départementale et du chemin vicinal pour ne pas se faire repérer. Il envoya Le Gerou en reconnaissance. Celui ci revint vingt minutes après.

– Alors ?

– Ils sont trois. Deux femmes et le môme ! Y'a que la blonde qui est armée ! On y va ?

– Non, on a encore du temps… Les flics sont loin d'avoir mis la main dessus. Nous attaquerons à l'aube, pendant qu'ils dormiront encore. Mais je ne veux aucun survivant !

– On ne pourra pas s'amuser un peu avec avant ? demanda Youssouf.

– J'aurais bien voulu faire crier un peu la blondasse, mais nous ne disposons pas de tout le temps nécessaire. On fait comme j'ai dit ! On passera la nuit dans la bagnole. On prendra chacun un tour de garde. En attentant, maintenant qu'on a repéré l'endroit, Youssouf, tu retournes au village que nous avons traversé tout à l'heure et tu nous ramènes de la bouffe.

– A pied ?

– Eh oui… A pied ! S'ils décident de se barrer, comment on ferait, sans caisse ?

– Mais c'est au moins à cinq kilomètres !

– Ça te fera du bien. Quand on fait des métiers comme les nôtres, il faut garder sa condition physique.

Youssouf tourna les talons en maugréant.

– Autre chose : tu payes et tu ne chouraves rien ! Pas de vague !

– Ok, ok.

Il partit en maudissant son chef.

Chapitre 15

Michael tourna la clé dans la porte d'entrée. La matinée avait été dure.

Son métier de conseiller Feng Shui le passionnait mais était très accaparant. Heureusement, Fatou avait dû préparer un de ces plats ivoiriens dont elle connaissait le secret, un régal pour les papilles. Elle aura pris soin d'y joindre quelques épices. Ces fameux ingrédients dont « l'homme a tellement besoin » dit-elle souvent à son oreille en souriant.

Mais le jeune homme sentit tout de suite que quelque chose ne collait pas. Tom n'était pas venu l'accueillir, comme il le faisait à chaque fois à son arrivée.

Aucune odeur de cuisine ne vint titiller ses narines.

Il appela ; aucune réponse ne vint. Il téléphona au directeur de l'école qui lui répondit que Tom avait été porté absent ce matin.

Il essaya de joindre Fatou à son domicile : aucune réponse.

Sur son portable, seule sa messagerie répondait. L'angoisse commença à le tenailler. On sonna à la porte ; il courut ouvrir. C'était certainement eux ! Malheureusement, sa déconvenue fut à la hauteur de son espoir.

C'était la vieille chouette du rez-de-chaussée ! Celle qui était toujours à sa fenêtre en train d'espionner les voisins ! Celle qui empoisonnait la vie de tout monde ! Toujours en train de se plaindre de ci de ça ! Toujours fourrée au commissariat pour des broutilles ! Celle qui n'aimait pas Fatou, à la peau trop sombre à son goût !

Elle entra comme si on l'y avait invitée et commença sa litanie.

– Ah, il faut que je vous dise, Monsieur Inguz. Ce matin, j'observais les Martinez, vous voyez de qui je veux parler : le moustachu au gros ventre !

Devant l'air ébahi de son voisin, elle s'emporta :

– Mais si ! Ceux qui ont le gros chien, un Billpul, vous savez, ceux qui sont interdits !

– Un Pitbull.

– Oui, c'est pareil ! Et bien, j'observais s'il allait lui faire faire ses besoins dans la pelouse ou sur le trottoir…

– Mme Vioque, je m'excuse, mais je n'ai vraiment pas le temps, je n'ai aucune nouvelle de Tom et Fatou et je suis inquiet…

– Mais si vous me laissiez finir, c'est pour cela que je suis venue…

– Vous voulez dire que vous les avez vus ce matin !?

Malgré l'antipathie qu'elle lui inspirait, Michael avait envie de lui sauter au cou.

Voyant soudain l'importance qu'elle représentait pour son voisin, elle se redressa, bomba le torse, pris un air désinvolte et déclara :

– Je prendrais bien un petit quelque chose, moi !

14 heures le même jour, même lieu…

Raphaël consultait fébrilement le dossier de la criminelle pour trouver le moindre indice qui permettrait de localiser le lieu de détention de Tom.

Il sentait le souffle saccadé de son ami Michael, qui reflétait une tension interne intense. Morgane couvrait de son aura le champ émotionnel de son ami pour qu'il recouvre une certaine sérénité.

Le célèbre détective tournait et retournait les pages dans tous les sens.

– Je ne vois pas. Le couple Novel avait très peu d'amis dans la région, la famille d'Astrid se trouve sur l'île de la Réunion… En sachant que son portrait est affiché partout, je ne vois pas où elle aurait pu se réfugier.

« Morgane, penses-tu pouvoir te mettre en contact avec Tom ? Il est très réceptif, m'as-tu dit ?

– Certes, j'ai souvent communiqué avec mon filleul pour m'amuser, ce n'est pas le problème. Toutefois il ne faut pas oublier deux choses. La première, c'est qu'en contactant Tom, il y a une chance sur deux pour que je sois interceptée par Astrid qui pourrait se venger sur lui. La deuxième, c'est que je ne sais pas quel scénario je vais trouver.

« Alors Michael, je te pose la question : es-tu prêt à tenter l'expérience ?

Michael n'hésita pas.

– Oui.

– Bien. Alors, il me faut un objet appartenant à Tom.

Michel se dirigea vers sa chambre et revint avec un jeu de cartes.

– Un jeu de tarot de voyance ?

– Oui. Tom adore le manipuler, et il s'invente des histoires avec les personnages.

– Encore une preuve qu'il est comme nous… C'est un accompli ! Qu'elle est sa carte favorite ?

– L'arcane majeur dix-sept. « L'Etoile ».

La voyante prit la carte entre ses mains et se concentra en fermant les yeux. Les muscles de son visage se crispèrent, des spasmes contractèrent son corps. Cinq minutes après, elle rouvrit les yeux.

Ses deux amis attendaient, tendus, l'oracle sacré.

– Tout d'abord, bonne nouvelle, j'ai pu accéder à l'esprit de Tom sans rencontrer d'obstacles particuliers ! Je peux dire avec certitude qu'il est encore en vie. J'ai pu apercevoir Fatou, elle va bien. Je n'ai pas aperçu la meurtrière ; elle devait être dans une autre pièce.

« Malheureusement, mes visions sur leur environnement sont restées floues… Tout ce que je peux dire, c'est qu'il ne s'agit pas d'un appartement… Les pièces sont grandes, délabrées, poussiéreuses et vides !

Michael, fiévreux, demanda :

– Tu n'as pas remarqué un élément insolite, atypique, qui pourrait nous aider ?

– Non, je ne vois pas, non… Si, quelque chose m'a frappé ! Il y avait une pendule, mais pas ordinaire ! Elle était enchâssée dans une sorte de boîte métallique, le cadran était petit et rond !

Raphaël se concentra :

– Un caisson de métal, tu dis… Qu'est-ce que cela pourrait être ? Ça y est, j'ai trouvé : il s'agit certainement d'une pointeuse ! Ils sont enfermés dans une usine désaffectée !

Raphaël feuilleta fébrilement le dossier.

– Il me semble que j'ai quelque chose… Voilà ! Son ex-mari dirigeait une fonderie. Voyons si je trouve l'adresse. Sa fiche identitaire indique qu'elle se situait à coté de Tarare, au lieu-dit Les Forges.

En route ! Nous n'avons pas de temps à perdre.

Ils décidèrent de prendre le puissant cabriolet de Morgane. Une heure plus tard, ils arrivèrent en vue de la bifurcation qui menait à l'usine. Ils virent tout de suite la grosse berline Allemande à moitié cachée derrière un énorme chêne.

Raphaël posa la main sur l'épaule de Morgane et lui glissa doucement :

– Continue tout droit. Surtout, tu ne ralentis pas, tu ne t'arrêtes pas ! Et vous ne les regardez surtout pas !

Le trio se sentit observé en abordant le virage. Ils roulèrent ainsi jusqu'à un kilomètre plus loin. Raphaël donna l'ordre de stopper et de se garer sur le bas-côté.

– Je t'ai dit de continuer car cette grosse berline garée à demi camouflée dans un coin de campagne où il doit passer un tracteur par jour, cela me parait suspect. J'ai entraperçu la tête des occupants ; je peux dire que je ne laisserais pas ma petite sœur entre leurs mains…

« Je ne sais pas s'ils sont là pour Astrid, mais nous allons le savoir très vite.

Joignant le geste à la parole, il sortit un pistolet et arma la culasse. Il en tendit un autre à Michael et lui lança :

– Voilà. Ainsi, tu sauras si tu t'es amélioré depuis les commandos de marine.

– Toi, Morgane, je sais que tu es contre les armes à feu…

– Le pouvoir des mains et de l'esprit suffiront. Je pense que je te l'ai suffisamment prouvé.

– A ta guise.

– On ne prévient pas Richard ? demanda Michael.

– On le fera quand on passera à l'assaut. Nous sommes pris par le temps et j'ai peur qu'un déploiement massif mette leur vie en danger.

Ils sortirent du véhicule pour parcourir la distance qui les séparait des malfrats.

Le lendemain matin, 5 heures 05.

Michael remarqua qu'il régnait une certaine fébrilité chez les truands. Il réveilla ses amis.

Cachés derrière une butte, ils les observèrent. Les armes sortaient des costumes. Leur chef donnait ses ultimes directives.

Morgane désigna à ses amis un sentier qui semblait couper à travers la forêt pour rejoindre la bâtisse par derrière.

Elle s'y engouffra. Elle serait sur les lieux avant eux.

Chapitre 16

Michael et Raphaël décidèrent d'attaquer.

Ils se postèrent et ouvrirent le feu.

Les truands furent surpris par l'agression, mais Fakir comprit vite qu'il n'avait pas à faire à la police. Il laissa Kader et Youssouf à l'arrière, couvrir leur avancée vers l'usine.

A l'intérieur, Astrid, en embuscade derrière les fenêtres du premier étage, arma son pistolet. Combien étaient-ils ? Avaient-ils encerclé la maison ?

Sa situation était difficile, car pour la première fois de sa vie elle ne contrôlait rien. Pas de plan consciencieusement élaboré d'avance, pas de terrains préalablement étudiés, des adversaires inconnus…

Ses chances de survie étaient maigres. Sa situation inconfortable était accentuée par le fait qu'il fallait qu'elle surveille ses otages.

Elle rechercha avec fébrilité une solution. Elle se souvint que le bâtiment était pourvu d'une issue de secours, sur la façade arrière, au premier niveau.

Elle décida de rassembler le groupe et de s'y rendre.

Michael était face à Kader. De violents coups de feu s'échangèrent. Tous deux ne sortaient de leur abri que pour lancer un déluge de feu. Michael comprit que la situation était bloquée et qu'il fallait en terminer.

Il utilisa une ruse vieille comme le monde, mais qui parfois fonctionnait encore. Il ramassa un gros caillou et le jeta au loin. Son adversaire sortit de sa cache et tira à l'aveuglette en direction du bruit.

Michael ajusta son tir et appuya sur la détente. Une tache vermillon apparue entre les yeux du bandit.

Il s'effondra.

Michael se tourna alors vers la cache de Raphaël. Youssouf, voyant qu'il se retrouvait seul, sortit et arrosa Raphaël de projectiles, prenant la fuite pour rejoindre ses compères.

Raphaël sortit et fit de même. Un projectile se planta dans sa cuisse droite.

Il riposta. Youssouf s'effondra, une balle en plein cœur.

Michael rejoignit son camarade.

– Ça va ? Tu vas pouvoir continuer ?

– Oui. Apparemment, la balle n'a fait qu'effleurer la jambe. Il faut continuer. Outre les otages, il doit y avoir Morgane. Elle a dû être rejointe par les deux autres.

Fakir et Le Gerou avaient décidé de se séparer. Pendant que le premier arpentait le rez-de-chaussée, l'autre prenait la passerelle Nord pour visiter l'étage.

Morgane s'avançait vers le groupe d'otages, quand elle entendit un bruit métallique de pas sur les marches de l'escalier. Elle ouvrit la porte du bureau du milieu et s'y cacha. Le truand était dans l'obligation de les inspecter un par un. Elle n'avait plus qu'à attendre.

Benoît Lièvre ouvrit la porte du premier local, avec fracas. Il parcourut la pièce de son arme : personne. Il fit de même pour le deuxième sans plus de résultat.

Arrivé au troisième box, il défonça la porte d'un coup de pied.

Elle céda sous les coups. Il entra. Une douleur lui fit lâcher son automatique. Morgane venait de lui asséner un atémi. L'homme lui envoya simultanément un crochet du droit et du gauche qui furent bloqués. Elle lui lança son pied droit dans la poitrine. Il fit un bond de trois mètres en arrière et s'écroula dans les gravats.

Il prit prestement une planche comme arme. Elle siffla l'air sans jamais atteindre la jeune femme. Au troisième essai, Morgane lança son bras droit qui cassa la planchette en deux. Elle enchaîna par un coup de pied au visage qui terrassa Le Gerou.

Il bascula en arrière. Il ne semblait plus bouger. C'est là que Morgane commit sa première erreur. Elle lui tourna le dos.

Son adversaire, qui avait feint l'évanouissement, se releva comme un éclair, prit une latte de bois et lui fracassa sur la tête.

La jeune femme s'écroula.

Le Gerou fit rapidement un diagnostic de son propre état. Ses habits étaient poussiéreux ou en lambeaux. Ce n'était pas grave ; mais les coups reçus l'avaient bien amoché et son nez pissait le sang. Malgré son état, il continua son exploration.

Il déboula dans le couloir et aperçut le groupe qui, alerté par les bruits, était descendu dans la salle des machines.

Gerou ne s'inquiéta pas ; il savait qu'ils croiseraient automatiquement le chemin de Fakir. Il pressa le pas pour lui prêter main forte.

Fakir avait tout de suite repéré l'issue de secours sur la façade arrière. Il s'était posté à l'extérieur et les attendait de pied ferme. Il était certain qu'ils passeraient par là. Toutefois, il était inquiet : il avait perdu de vue son bras droit et se retrouvait seul.

L'attente ne fut pas longue. Quelques minutes après, Astrid et ses otages poussaient la barre métallique de l'ouverture pour déboucher dans la forêt.

Fakir bondit de son buisson et ordonna :

– Personne ne bouge, c'est la fin de l'aventure ! La blondasse, tu poses ton arme.

Astrid s'exécuta.

Presque simultanément Le Gerou déboula derrière eux. Son chef, voyant son état, le questionna :

– Qu'est-ce que tu foutais en haut ?

– J'ai eu un petit problème, mais c'est résolu.

– Bon, je m'occupe de la folle. Tu descends les deux autres.

– Le môme aussi ?

– Qu'est-ce que je viens de te dire !

Le cliquetis des percuteurs se fit entendre. C'est à ce moment qu'ils entendirent derrière eux :

– Si j'étais vous, je n'en ferais rien !

Raphaël et Michael les tenaient en joue. Fakir se retourna de trois quart et lança :

– M. Gébo, je présume ! Quel honneur pour moi d'avoir à faire au célèbre détective ! Mais je pense que vous venez de commettre une erreur de jugement, car je suis prêt à parier que vous ne tirerez pas. J'ai mon browning pointé sur le garçonnet et mon ami sur sa nourrice. Contrairement à vous, je n'ai rien à perdre. Alors je vous propose de déposer vos armes tranquillement et de ne rien tenter qui puisse nuire à la vie de vos amis.

De longues minutes s'écoulèrent. Les quatre hommes s'observèrent, se jaugèrent. Raphaël s'adressa à Michael :

– On fait ce qu'il dit !

Il sentit de la réprobation dans le regard de son coéquipier, mais malheureusement le trafiquant avait raison, ils n'avaient pas le choix.

C'est ce moment que choisit Astrid pour se jeter sur Le Gerou, accaparé à surveiller les deux hommes.

Elle le bouscula. Affaibli par sa précédente lutte, il vacilla et tomba.

Fatou se jeta à terre en essayant d'emmener le garçon avec elle, mais déjà Astrid lui avait attrapé le bras et s'enfuyait avec lui.

La fusillade démarra. Les deux crapules sentant que la situation tournait à leur désavantage, prenaient la fuite en direction de la forêt tout en continuant à tirer. Les deux détectives restaient bloqués à leur place, sous le feu de la mitraille.

Fatou rampa jusqu'à un abri, puis jugeant la distance suffisante pour être hors de portée des balles, courut à la poursuite de la criminelle. Elle arriva devant la bâtisse. La tueuse poussait Tom dans la voiture. Elle se rua sur elle. L'ancienne haltérophile lui envoya un coup de poing qui l'envoya valser plus loin.

Elle ouvrit la portière avant pour monter. Fatou sonnée, savait qu'elle était le dernier espoir pour Tom.

Avec l'énergie du désespoir, elle se rua sur elle et l'agrippa. Son tee shirt se déchira. La meurtrière compris qu'elle ne se débarrasserait pas aussi facilement d'elle. Elle se retourna pour achever complètement son travail.

Elle lui asséna un direct du gauche puis du droit. Fatou tomba à terre. Elle continua en la rouant de coups de pieds dans les côtes. La jeune femme gémissait à terre.

A ce moment, un cri retentit. Tom s'était perché sur les épaules de sa ravisseuse et lui labourait le visage de coups de poing.

Astrid n'eut aucun mal à le mettre à terre. A cet instant, elle sentit une poussée violente dans le dos qui la fit avancer de deux bons mètres.

Morgane, remise de son choc, se tenait face à elle. Ainsi allait s'affronter la force brute face à l'agilité des arts martiaux. Astrid se rua sur elle. Morgane esquiva. Elle lui asséna deux coups de pieds qui la firent chuter. Elle se releva et lança une deuxième charge, beaucoup plus rapide. Elle ceintura Morgane. Sa force peu commune, sa technique de la lutte lui donnait un avantage pour les combats rapprochés.

Morgane sentit que le souffle commençait à lui manquer face à l'étreinte. La jeune asiatique se souvint des leçons de maître Fung sur les techniques de respiration et le contrôle du flux cardiaque. C'était le moment ou jamais de les appliquer.

Elle passa à l'attaque. Le tranchant de ses mains s'abattit sur l'aorte de son adversaire. Celle-ci fut obligée de desserrer son étau et de reculer d'un bon pas. Morgane profita de ce court répit pour lui lancer sa jambe en pleine poitrine et enchaîna avec un coup de pied au visage.

Astrid tomba à la renverse et ne se releva pas.

Morgane se tourna alors vers Fatou et l'aida à se mettre debout.

A cet instant, elle aperçut des véhicules de police qui avançaient sur le chemin escarpé. Ils avaient encerclé le bâtiment.

Raphaël et Michael firent leur apparition.

– Alors ? demanda Morgane.

– Ils ont pris la fuite ! Mais je doute qu'ils aillent très loin avec le cordon de police. De toute façon, notre combat c'était de retrouver les otages vivants et accessoirement de capturer Astrid Novel. Voilà qui est fait.

« Le reste est une affaire purement policière.

Déjà, les commissaires Richard et Kieffin venaient à leur rencontre.

Chapitre 17

10 juillet 2005 – 15 heures – Charbonnières les Bains.

Les amis, accompagnés de leur conjoint respectif, s'accordaient un juste repos. Raphaël les avait invités pour qu'ils puissent, par cette belle journée, profiter des bienfaits de sa piscine. Sébastien, un grand blond à la carrure de rugbyman, était le dernier arrivé dans le groupe. L'ami de Morgane avait su se faire accepter et apprécier dans ce microcosme amical.

Seul Raphaël Gébo, pourtant le plus âgé, restait seul depuis le décès de sa compagne.

Sébastien, qui adorait les enfants, s'amusait avec Tom en l'éclaboussant dans le bassin, pendant que son père s'évertuait à battre un record de longueurs.

Ses dames préféraient se faire bronzer sur un relax en compagnie de Raphaël.

Fatou désigna Michael :

– Qu'est-ce qu'il fait ?

Raphaël ne quitta pas des yeux son chronomètre et répondit :

– Il essaye de battre mon record de traversée. Mais c'est raté !

– Pff… Tu vas encore me le crever pour ce soir !

Raphaël la regarda malicieusement.

– Je pense que tu dois avoir des arguments convaincants qui éliminent toute trace de fatigue ! Michael m'a parlé de certains épices qui accompagnent tes plats, le tout arrosé d'un punch… C'est une soirée à deux réussie.

Fatou sourit en rougissant. Elle détourna vite la conversation et demanda :

– Alors ? Que disent les journaux sur l'arrestation de la plus célèbre criminelle de ces cinquante dernières années ?

– Comme d'habitude, j'ai demandé une certaine pondération publicitaire sur notre action. Malgré cela, quelques indiscrétions ont filtré. Donc les honneurs reviennent au commissaire Richard qui a retrouvé son poste. Kieffin est retourné d'où il venait. J'ai appris avec surprise que Fulbert avait été promu commissaire à Bron. J'étais pourtant persuadé que Richard ne l'aimait pas beaucoup ! Enfin, cela ne nous regarde pas. C'est un problème de relations humaines à l'intérieur d'une administration !

« Astrid Novel sera probablement jugée irresponsable, et finira sa vie en hôpital fermé. Les affaires juridiques concernant les agissements des victimes n'auront pas lieu… puisqu'elles sont mortes.

« Quant au gang Fakir, il est sous les verrous pour un bout de temps. Ce n'était pas prévu au programme, mais faire d'une pierre deux coups, c'est sensationnel. N'oublions pas que nous avons affronté un des plus célèbres caïds de la drogue, même si j'en ai gardé un souvenir cuisant.

– Ta cuisse te fait toujours mal ? demanda Morgane.

– Le médecin dit que j'en ai pour trois semaines ; après, on en parlera plus.

– Et toi, Fatou ?

– Quelques énormes hématomes suite aux coups reçus mais ça passera.

Fatou avait le regard fixé sur la piscine.

– En tout cas, ça fait plaisir de voir Tom s'amuser. Cette aventure l'a quand même pas mal secoué.

L'atmosphère dans l'eau était joyeuse.

– Il aime bien Sébastien. Morgane, tu savais qu'il avait la fibre paternelle ?

– Non. Je l'apprends. Tu sais, je ne le connais pas depuis très longtemps et nous n'avons pas encore parlé de ce sujet... Mais il faut que je vous annonce quelque chose : à partir du mois de septembre, nous allons vivre ensemble !

– Ouahhh ! s'écria Raphaël, un large sourire aux lèvres. Mais où est la femme indépendante qui ne parlait que de boîtes de nuit et de restaurants que j'ai si bien connue ? Celle qui a brisé le cœur de la moitié de la population masculine lyonnaise ?

– C'est vrai ? demanda Fatou.

– Il exagère... Et en matière de cœurs brisés, Monsieur n'a pas de leçon à me donner !! dit-elle en souriant. Parce que tu ne le sais peut-être pas, mais il y a six ou sept ans, nous étions ensemble. Et c'est lui qui m'a quittée ! Parce que Monsieur n'a pas su résister à un joli minois. Je le soupçonne d'ailleurs d'avoir fait plusieurs entorses à notre contrat. Mais maintenant, il y a prescription ; j'ai retrouvé le bonheur.

Raphaël regardait son verre sans répondre.

– Ce n'est pas exact, ce que je dis ? Tu n'as jamais été très fidèle durant notre relation. Est-ce que je me trompe ?

Les deux femmes regardèrent Raphaël en attendant une réponse.

– Alors ? dirent-elles en cœur.

– Je ne répondrai qu'en présence de mon avocat ! Vous pouvez me torturer, je ne parlerai pas.

Elles se ruèrent sur lui et le chatouillèrent.

– Avoue, avoue !

Il poussa des cris de protestation, mais rien n'y faisait. De voir ce grand gaillard, homme mûr d'un mètre quatre-vingt agir ainsi avait quelque chose d'assez insolite.

Les autres, attirés par les cris, sortirent du bassin pour venir aux nouvelles. Ils furent rapidement mis au courant. C'est alors que les deux hommes et les deux femmes se ruèrent sur le détective. Ils l'empoignèrent en hurlant.

– Avoue !!

Ils le soulevèrent du sol et se dirigèrent vers le carré bleu.

Raphaël eu beau protester qu'il était tout habillé, ils le jetèrent à l'eau.

Tom regarda les adultes d'un air circonspect en se disant que, décidément, ils avaient du mal à grandir. Raphaël sortit de l'eau, l'air désappointé, et partit se sécher en esquissant un sourire.

Il revint dix minutes après vêtu d'un short et d'une chemisette.

Devant l'ensemble de ses amis attablés devant des sodas, il annonça :

– Bon. Michael et Morgane, réunion générale. J'ai des

choses importantes à vous communiquer. Les autres, vous profitez de la terrasse et surveillez Tom.

Ils se retirèrent dans le bureau. Fatou et Sébastien décidèrent de profiter des derniers rayons du soleil de la journée pendant que Tom essayait ses dernières techniques de plongeon.

– Ça y est, c'est le conseil de guerre, déclara la jeune femme avec malice. Ils ne peuvent pas passer un week-end sans travailler. Tu ne trouves pas que nos conjoints ont un côté un peu masochistes ?

– Que veux-tu dire par là ?

– Réfléchis : Morgane pourrait tranquillement exercer sa profession de voyante et Michael exercer en tant que conseiller Feng Shui… Au lieu de cela, ils s'embarquent de façon non officielle dans des enquêtes policières où ils risquent leur vie à chaque fois !!!

– C'est exact. D'ailleurs, ils ne font même pas cela pour l'argent. Ils gagnent tous les deux très bien leur vie, donc ce n'est pas l'appât du gain qui les motive. Alors quoi ? Le goût du risque, certainement, l'amitié pour Raphaël, je le pense aussi. Mais il y a quelque chose de plus fort que cette amitié. Je perçois comme un lien puissant et indéfectible dont la nature m'échappe encore. Tu ne ressens pas la même chose ?

– Maintenant que tu me le dis, effectivement. Cette complicité entre les trois a quelque chose d'étrange. C'est fort comme de l'acier trempé, invisible comme le vent. Ce lien semble venu d'un autre âge, et nous deux, nous en sommes exclus. C'est comme s'ils étaient différents !

– Je partage tout à fait la même analyse que toi ! En fait, je me rends compte que je connais très peu Morgane.

Sa vie passée me reste inconnue, et c'est l'omerta sur les enquêtes auxquelles elle participe. Sa profession est déjà peu ordinaire ! Mais il y a autre chose !

– De mon côté, je n'ai jamais adhéré au conte dont nous a abreuvé Michael pour expliquer sa maladie mystérieuse sur l'île de la Réunion et sa guérison tout aussi inexplicable.

Il y eut un long moment de silence.

– Autre chose étrange : as-tu remarqué que tous les trois ont le même bijou, porté différemment ?

– Oui. Un symbole bouddhiste, paraît-il ! Crois-tu qu'ils feraient partie d'une secte ?

– Non, je ne pense pas. Mais par contre, j'ai la conviction que Tom détient la clé de la vérité. J'ai essayé à plusieurs reprises de le faire parler, il est muet comme une carpe.

– Tom ? C'est curieux… Ecoute ; ce que je te propose, c'est qu'à partir d'aujourd'hui, nous enquêtions réciproquement sur nos conjoints. Je te donne mon numéro personnel de portable, et je prends le tiens.

– Entendu. Nous aussi, nous allons nous amuser aux détectives !

Chapitre 18

Une fois qu'ils furent réunis tous les trois dans sa bibliothèque, Raphaël prit la parole d'un ton très solennel.

– Mes amis, nous connaissons tous les trois le lien étroit qui nous unit à tout jamais, au-delà même des âges. Ce lien, qui ne pourra ni être tranché, ni être délié, est celui de notre condition, celle d'accompli. Nous avons été, nous sommes et nous serons. Cet état, je vous l'ai révélé voici quelques années, bien que vous en ayez déjà l'intime conviction.

« Nous nous sommes rencontrés parce que nous y étions prédestinés… Toutefois, à cette époque, j'effectuais déjà depuis de longues années des recherches historiques sur notre condition. Ma formation de base d'anthropologue, mes fréquents voyages de par le monde, mes amis dans le milieu de la science, tout cela contribua à mon succès.

« J'acquis très vite la certitude que notre mouvement était né des lumières de la Renaissance, époque où le pouvoir de l'église commença doucement à décliner. Cette nouvelle impulsion, cette nouvelle spiritualité ou idéologie, car on peut l'appeler comme cela, se répandit comme une traînée de poudre sur tous les continents, au sein de toutes les religions et dans tous les milieux.

« Il apportait la lumière là où de faux dogmes arbitraires et autoritaires s'étaient installés depuis des siècles. Ce fut l'ouverture de l'esprit par le rejet des mensonges éhontés, bâtis depuis la nuit des temps pour établir un pouvoir politique fort et instaurer une chape de plomb sur le peuple, jugé peu digne pour recevoir une telle révélation.

« Les « éclairés » ou « accomplis » s'installèrent partout, en distillant la vérité, celle qui n'est pas conforme, celle qui dérange, à dose homéopathique, pour desserrer progressivement les carcans institutionnels. L'accompli, ne l'oublions pas, est par son essence intrinsèque en contact direct avec Dieu. Non seulement il ne reconnaît pas l'Eglise en tant qu'institution, mais il n'a nul besoin d'un intermédiaire officiant, pour se connecter avec la divinité. Et cela, même aujourd'hui, c'est purement révolutionnaire !

« Nous sommes le fondement de la future religion universelle !

– Comment es-tu certain de la vérité de ces faits historiques ? demanda Morgane.

– Parce que lors d'une de mes recherches, j'ai mis la main sur cela !

Raphaël sortit d'un de son tiroir de bureau un tube métallique d'environ vingt centimètres. Il en ôta le couvercle et sortit un parchemin entouré d'un fin ruban rouge.

– De quoi s'agit-il ? demanda Michael.

– Comme nous trois, des accomplis se sont réunis il y a fort longtemps. Ils ont travaillé, bien travaillé. On peut même dire qu'ils ont établi le socle des commandements régissant leur existence. Mais aussi le mode de fonctionnement hiérarchique de la communauté, et surtout, et c'est là le plus étonnant, son devenir au travers des siècles.

« J'ai dans les mains pas moins que l'acte fondateur de notre société :

« LE CERCLE VINGT-DEUX ».

– Pourquoi serions-nous plus précisément concernés ? Nous devons être des milliers dans le monde ?

– Parce que nous sommes tous trois prédestinés pour une mission d'une importance capitale à laquelle nous ne pourrons déroger. Je vais vous lire deux articles parmi les vingt-deux et vous comprendrez…

« CERCLE VINGT-DEUX »
11 janvier 1514

Augur 1

Estoy sacré ce jour « l'idéal exaucé »
L'enfant Michel de Notre Dame
Premier du nom.
Des vingt-deux prédestinés
Pour le rond globe luminaire apporté.

Augur 11

Le vingt-deux et der
Né dans la Cap De Gaule,
Sous la ville du Roy, on l'accueillera
Il portera la marque de la trinité,
Il rassemblera les exaucés éparpillés
Par le dix-sept, l'Etoile le guidera.

– Alors, qu'en penses-tu, Michael ?

– Ta découverte est véritablement fantastique. Cela signifie que Michel de Notre Dame, dit Nostradamus, est à la base même de la création de notre mouvement, puisqu'il a été le premier « Elu accompli » parmi les vingt-deux à venir.

– C'est tout à fait cela. Mais je peux vous déjà vous affirmer que depuis 1514, vingt et un d'entre eux ont déjà officié. Ils ont déchiré le voile des ténèbres qui obscurcit un peu plus chaque jour les nations.

« Ces guides spirituels changèrent le destin du monde, souvent d'ailleurs au péril de leur vie. Vous aimeriez que je vous cite des exemples ? Soit : Gandhi, Martin Luther King, un certain Général qui a libéré Paris, plus récemment Sadate. Vous voyez : beaucoup ont eu un destin tragique. D'autres sont arrivés au bout de leur mission.

Il ne reste donc plus qu'un seul « juste parmi les justes » à venir.

J'ai cherché pendant des années et des années son identité. Maintenant, j'ai la certitude que c'est lui ! Vous avez sans doute deviné ?

Devant l'air ébahi de ses amis, il tendit le document à Michael et lui lança :

– Lis l'Augur 11 doucement, à voix basse, en découpant chaque mot, et en t'imprégnant de leur signification profonde.

Michael s'exécuta. Son visage blêmit ; son souffle devint court.

Il murmura :

– Tom !

Morgane prit délicatement le manuscrit et parcourut à son tour le passage incriminé et déclara :

– Ton raisonnement ne tient pas !

– Pourquoi donc ?

– Parce qu'à l'époque de la Renaissance, la résidence des rois n'était pas Versailles !!

– Figure-toi que ce détail ne m'a pas échappé ! Mais n'oublions pas que nous pouvons considérer cette chartre comme une démarche à la fois juridique, moraliste, mais aussi prophétique ! La présence, de Michel De Notre Dame, lors de cette assemblée, même enfant, le prouve ! D'ailleurs, certains des signataires de cette chartre sont des noms prestigieux. Examine attentivement, les deux signatures en bas à gauche.

Morgane prit la loupe sur le bureau et étudia les paraphes.

– Mais c'est Léonard de Vinci ! Et plus à gauche, Dürer ! Quels âges avaient-ils en 1514 ?

– Nostradamus avait dix ans ; comme Tom cette année. Léonard de Vinci était proche de sa fin de vie terrestre : soixante-trois ans. Et Dürer avait quarante-trois ans. C'est d'ailleurs au lendemain de cette réunion qu'il entreprit son fameux tableau Mélancolia, qui est un véritable condensé en matière de symbolisme.

« J'ai donc la preuve que les trois hauts personnages les plus énigmatiques de l'histoire se sont rencontrés au moins une fois. Mais je voudrais revenir sur l'interprétation de l'Augur 11.

« Reprenons en détail :

« Le vingt-deux et der ». Là, c'est clair. Le dernier dirigeant des accomplis.

« Né dans la Cap de Gaule ». Tom est bien né à Lyon, ancienne capitale des Gaules.

« Sous la ville du Roy, on l'accueillera ». Nous savons tous que sa famille d'adoption habite Versailles.

« Il portera la marque de la Trinité ». La trinité, c'est le 3, mais c'est aussi trois fois un. Tom est né le 1er novembre. Et nous sommes trois.

« Il rassemblera les exaucés éparpillés ». Là, il s'agit de son accomplissement planétaire, sa mission. J'ai fait une brève étude numérologique et je me suis rendu compte que son année de naissance donne 5, chiffre hautement symbolique puisqu'il symbolise la connaissance. C'est lui qui régit l'univers, du microcosme au macrocosme. Les fleurs, les plantes, l'homme lui-même entrent dans le pentacle. Souvenons-nous du célèbre tableau de Léonard De Vinci !

« En tarologie, l'arcane 5 représente le Pape, qu'il faut interpréter comme le guide spirituel ! On ne peut être plus clair ! Si je rajoute son année de naissance au jour et mois, cela donne 5 + 3 = 8. Huit : le Chiffre spirituel. Symbole d'infini et d'éternité. C'est le nombre du Juste ! Le christ est parfois représenté dans une mandorle en forme de 8. Mais ce chiffre est commun à bon nombre de civilisations. Dans la Chine Antique, et Michael me coupera si je me trompe, le huit est considéré comme magique et porte-bonheur.

« L'octogone est sacré et sert de base à tout travail de géomancie.

« Par le dix-sept, l'Etoile le guidera ». Le dix-sept, dans le tarot de voyance, se nomme l'Etoile. C'est clair. Cette carte n'est-elle pas la favorite de Tom ?

Et à encore, 1 + 7 = 8.

« Voilà. La boucle est bouclée…

– Mais j'ai trouvé d'autres particularités : 11 x 2 = 22 ;

c'est le nombre d'articles du parchemin, comme le nombre d'arcanes majeurs du jeu divinatoire. Et puis la date du manuscrit : 11 novembre 1514. En numérologie, cela donne 11/01/1 + 5 + 1 + 4 = 11. Cela fait beaucoup de un ou de onze même.

« Ce qui amène à 1 1 1 1 1, égale 5. De nouveau le chiffre du savoir, donc des lumières, apparaît ; ce ne peut pas être le fruit du hasard, surtout en pleine Renaissance.

– Mais comment déterminer quand son temps sera venu ? demanda Michael.

– Il est dit dans une autre strophe que des signes lui apparaîtront. Laissons faire le destin. Notre rôle sera de le guider, l'accompagner et surtout le protéger lors de sa mission initiatique et salvatrice.

– Depuis combien de temps as-tu des certitudes concernant son identité ?

– Je détiens ce grimoire depuis fort longtemps. Au début, quand j'ai fait la connaissance de ton fils, je ne me doutais de rien, malgré son destin hors du commun. Puis j'ai appris à le connaître de plus en plus au fil des années. Je me suis alors rendu compte progressivement que tout se recoupait : les lieux, les circonstances, tout. Vraiment tout…

Morgane demanda :

– N'est-ce pas une charge trop lourde pour lui ? Ce n'est qu'un enfant…

– Il n'a pas le choix. C'est un destin lumineux dans un monde de ténèbres qui l'attend ! Il ne peut refuser… C'est sa voie ! C'est une énorme responsabilité, mais nous serons là et il ne sera pas toujours un enfant !

– Faut-il le lui annoncer ? demande Michael.

– Je pense sincèrement que oui, et dès aujourd'hui. Il se sait déjà accompli. Il doit aujourd'hui même connaître la route sacrée qu'il doit emprunter.

– Mais pourquoi aujourd'hui ?

Raphaël prit le journal posé sur le bureau et leur montra les gros titres.

– Parce que le monde est dans une impasse fatidique. L'Iran a déjà la bombe atomique et je peux affirmer que d'ici un an, la Corée du Nord en sera détentrice. Voici deux signes parmi tant d'autres que tout a commencé… Il est temps d'agir. Notre rôle sera primordial, car cet enfant est « l'Héritier ». Il sera pourchassé par les ténèbres universelles. Le moindre détraqué, diablotin, voleur, tireur, tueur, fanatique le prendra pour cible.

– Je vais le chercher, déclara Michael en se dirigeant vers la porte.

Il revint cinq minutes après.

L'enfant serrait fortement la main de son père. Ses yeux eurent du mal à s'adapter à la pénombre du bureau. Il comprit tout de suite, devant les visages graves et solennels de ses interlocuteurs, que les éclats de rire de la piscine étaient terminés.

Il se demanda quelle bêtise il avait pu commettre récemment, qui justifierait des réprimandes. Il ne trouva pas.

Il ne pouvait imaginer à ce moment précis quels bouleversements provoqueraient cette réunion dans sa vie.

Quand il sortit de la pièce, il ne fut jamais plus l'enfant joyeux et rieur qu'il avait été.

Le « Noble Empereur » était né. Il était loin de concevoir qu'il allait devenir, après bien des épreuves, celui qui régirait l'ensemble des nations, d'Est en Ouest, du

Nord au Sud, apportant une paix universelle et définitive. Sa bannière sera trois étoiles dorées sur fond bleu.

Il prendrait le nom de Daggaz, ce qui signifie en langage runique : « l'aube du jour », son numéro serait le vingt-deux, sa devise « ce qui est divin ne peut être séparé de sa source », le scénario de vie : « une transformation radicale ».

C'est en souvenir de cette journée qu'il décida de se nommer ainsi.

Il sera le premier dirigeant du futur gouvernement universel. Mais bien avant que la lumière ne surgisse, les ténèbres devaient passer.

C'est une loi immuable qui régit l'univers, depuis la nuit des temps.

Fin

Index

Maisons Astrologiques : Au nombre de douze, elles sont en anologie directe avec les signes du zodiaque. Se sont les réceptacles terrestres de l'énergie cosmique. Dit autrement, les signes représentent l'inné de la personne, les maisons seront les moyens qu'elle aura pour réussir l'amalgame. Les dix planètes connues (Pluton, Saturne, Jupiter etc…) transitent toutes dans chacune des maisons.

Transit Planétaire : Déplacement d'une planète pour revenir à sa place initiale. Pluton, planète lente, l'effectue en 250 ans.

Sextile : Une des configurations géométrique représentée sur une carte du ciel parmi d'autres comme le carré, la conjonction, le trigone etc… Elle représente un angle de 60 °.

Pluton : Découvert tardivement (1930), elle n'est plus considérée en tant que telle actuellement par les astronomes mais l'est encore par les astrologues.

NB : Un thème astral regroupe le plus souvent la carte du ciel de naissance du client accompagné de l'analyse (compte rendu).L'astrologue peut pousser son analyse et y joindre le transit planétaire.

Il existe différentes écoles d'astrologie, (ex Karmique, Humaniste…) ; mais elles ont toutes le même but, le mieux être de l'individu.

Table des matières

Cet ouvrage a été composé par Edilivre

175, boulevard Anatole France – 93200 Saint-Denis
Tél. : 01 41 62 14 40 – Fax : 01 41 62 14 50
Mail : client@edilivre.com

www.edilivre.com

Tous nos livres sont imprimés
dans les règles environnementales les plus strictes

ISBN papier : 978-2-334-01826-5
ISBN pdf : 978-2-334-01827-2
ISBN epub : 978-2-334-01825-8
Dépôt légal : novembre 2015

Imprimé en France, 2015